龍の覚醒、Dr.の花冠

樹生かなめ

white heart

講談社X文庫

目次

橘高正宗
【きったか まさむね】
清和の養父。
眞鍋組顧問。
祐
【たすく】
眞鍋組の参謀。
安部の息子のような存在。
安部信一郎
【あべ しんいちろう】
正宗の右腕であり舎弟頭。
眞鍋組組員の信望が厚い。
橘高典子
【きったか のりこ】
清和の養母。
リキ
清和の右腕。
眞鍋の虎と呼ばれる。
橘高清和
【きったか せいわ】
眞鍋組二代目組長。
氷川の恋人。
氷川
氷川諒一
【ひかわ りょういち】
清和の恋人。
明和病院に勤める
美貌の内科医。
人物紹介

京介【きょうすけ】
ホストクラブ・ジュリアスの人気ホスト。ショウの幼馴染み。
サメ
眞鍋組の諜報部隊トップ。
ショウ
清和の舎弟。眞鍋組の特攻隊長。
吾郎【ごろう】
清和の舎弟。
卓【すぐる】
清和の舎弟。箱根の旧家出身。
宇治【うじ】
清和の舎弟。
信司【しんじ】
清和の舎弟。摩訶不思議の信司と呼ばれる。

イラストレーション／奈良《なら》千春《ちはる》

龍《りゅう》の覚醒《かくせい》、Dr.《ドクター》の花冠《はなかんむり》

1

ソーセージも生ハムもハンバーグもない。

全部、夢だったんじゃないのかな。

僕が清和《せいわ》くんと結婚式を挙げたことも、眞鍋《まなべ》組の二代目姐《あね》になったことも、バナナや狸《たぬき》や芸妓《げいぎ》やホストに囲まれたことも。

清和くんはおむつをしていないし、ランドセルを背負っていないし、ヒモでもないけど、僕が清水谷《しみずたに》学園大学の医局から派遣された内科医であることは確かだ、と氷川諒一《ひかわりょういち》は明和《めいわ》病院の診察室で上品な老患者の話に耳を傾けた。

「氷川先生、ひどい嫁でしょう。バカンスに私をドバイに追いやろうとしていますの。おとなしい息子は嫁の言いなりで、バカンスには嫁の希望でモナコですのよ」

氷川が勤務する明和病院は瀟洒《しょうしゃ》な高級住宅街が広がる小高い丘にあり、必然的に大半の患者は近所に住むセレブたちだ。優良企業が倒産する昨今、その言動にまったく不景気を感じない。前の患者のバカンスの行き先はスイスだったし、前の前の患者のバカンスは豪華客船のエーゲ海クルーズだった。

「ドバイはとても素晴らしいところだとお聞きします」

氷川が宥《なだ》めるように言うと、上品な老患者は五カラットのイエローダイヤモンドが光る手を振った。

「まぁ、氷川先生、嫁の魂胆に気づいてくださらないのね。どうしてわざわざ嫁は私と息子のバカンスの行き先を別々にしますの？」

「夏のバカンスについては息子さんとじっくり話し合われてはいかがですか？」

いつの間にそんなシーズンになったのか、と氷川は製薬会社が置いた卓上カレンダーに視線を流した。

お花見もせずに初夏だ、そういえばお花見のシーズンに監禁されていたんだ、清和くんたちと伊勢《いせ》参《まい》りをしたり、清和くんが連行されたり、清和くんに怒って高野山《こうやさん》に登ったり、いろいろとありすぎた。香港《ホンコン》マフィアの楊《よう》一族との抗争を止めるためにバナナの皮を踏んで滑って記憶喪失のふりをしたのはいつだったっけ、と氷川は季節を振り返ってしまう。ぼたん雪のふりしきる極寒の夜、施設の門の前に捨てられていた赤ん坊だった自分の出自が判明したのはつい最近のことだ。

「ですから、嫁が私と息子の仲を引き裂きますの。行き先が銀座であれ、パリであれ、ブリュッセルであれ、私を置いて息子と一緒に出かけてしまいますのよ」

明和病院の典型的なセレブ患者相手に感情を爆発させてはいけない。これくらいで怒っていては務まらないのだ。氷川はあくまで医師としてワガママな患者に接した。ベテランの看護師も慣れたものだ。

次の患者も典型的なタイプだった。食生活を頑として改めない美食家の社長だ。

「前回、脂肪肝だと説明し、栄養指導を受けられましたね？　食生活が如実に検査結果に現れています。糖質や脂質、動物性蛋白質《たんぱくしつ》の摂《と》り過《す》ぎですよ」

毎日、高級ワインで天麩羅《てんぷら》料理やフランス料理のフルコースを楽しんでいたら、行き着く先は見えている。

「先生、私への注意は間違っている。妻が雇った管理栄養士に私の食事は管理されています。注意は私の管理栄養士にしなさい」

「……では、その管理栄養士はどちらに？」

「妻にお聞きください。私は忙しいからこれで失礼する。後は好きにやりたまえ」

美食家の社長は氷川の返事も聞かず、社員を集めた飲み会であるかのように勝手に診察室から退室してしまう。同席している妻は追いかけもせず、大きな溜《た》め息《いき》をついた。

「……氷川先生、主人に食生活を改めさせることは無理です。お薬と点滴で主人の健康をキープしてください。それが医師の仕事ですわ」

患者の妻も典型的なセレブ妻だった。どんな特権階級の人間であれ、美食のツケは払わなければならないというのにわかっていない。そもそも、わかろうともしない。

「奥さん、ご主人に健康で長生きしてほしかったら、食生活を改めさせるしかありません。スポーツジムに通わせ、運動させてください。そうでないと間違いなく寝たきりです」

氷川は内科医として宣告したが、典型的なセレブ妻は胸元の七カラットのエメラルドを輝かせながら権力を振るうだけだった。呆《あき》れを通りこして感心するぐらいよくあるパターンだ。決して、声を荒らげず、毅然《きぜん》とした態度で接するしかない。

「氷川先生、以前、主人と財務大臣との関係は教えてあげたはずです。忘れたのならば思いだしてください」

「ご主人の治療になんの関係もありません」

「寝たきりを回避させるのが医師の役目よ。なんのために通っていると思っているの」

「もう一度、栄養指導を受けることをお勧めします。後悔した時には遅いのです」

眞鍋組の街にいる闇《やみ》医者の患者とは違う。上流階級の患者のほうがタチが悪い。……いや、闇医者のところに駆け込む患者はあまりにもいろいろとありすぎた。院長の綾小路《あやのこうじ》からしてクセがあるが、患者も規格外ばかりで、氷川は振り回されたものだ。挙げ句の果てには、赤ん坊を背負ったままモグリの病院の院長に就任しそうになった。……否、綾小路の失踪《しっそう》と工作により、自身の意志とは裏腹に院長に就任していたのかもしれない。

つい先日まで氷川は闇の病院の院長だった。

信司《しんじ》くんや毎日サービスの夏目《なつめ》くんたちと『お母さんの台所』シリーズについて話し合いながら患者さんの診察をして、ショウくんや宇治《うじ》くんたちの雄叫《おたけ》びがひどくなって、清和くんも不機嫌になって、と氷川は思わず目まぐるしい日々を思いだしてしまう。

本来、新婚旅行で京都にいたはずだ。京都から帰宅して世話になった方たちに挨拶《あいさつ》をしてから職場に復帰する予定だった。

今日、予定通り、氷川は職場に復帰した。祐《たすく》の工作により、清水谷学園大学の御手洗《みたらい》理事の付き添いだと思われているから気をつけなければならない。けれど、御手洗理事の付き添い業務について尋ねられることもなく外来の午前診察に突入したのだ。

すべて夢だったような気がしてならない。

『悪の帝王め、お母さんを狙《ねら》いやがった。やっつけてやるーっ』

『裕也《ゆうや》くん、僕はここにいるよ。どこに行くのーっ?』

裕也が正義のヒーローごっこで闇医者のところから飛びだしたから慌てて追いかけた。それがきっかけで、氷川は清和の愛車に押し込められたのだ。

『……せ、清和くん?』

隣の清和は言わずもがな、運転席のショウも助手席の宇治も悪の帝王のような顔をしていた。無邪気な声を上げているのは、氷川がぎゅっと抱いている裕也だけだ。

『…………』

『まだ点滴中の患者さんがいる』

場所柄、急性アルコール中毒で運ばれてくる患者が多い。

『…………』

『メイド姿の男性看護師しかいないよ』

闇の病院では凛々《りり》しい男性看護師がメイド姿で業務をこなしていた。意外なくらい真面目《まじめ》で手際がいいから驚いたものだ。

『…………』

『綾小路院長は見つかったの？』

『…………』

とうとう氷川の質問に対し、不夜城の覇者は一言も答えなかった。閑静な住宅街に建つ橘高《きったか》家に到着してもそうだ。いつにもましてなんとも形容しがたい迫力が凄《すさ》まじかったが、氷川はやんちゃ坊主の世話で構っていられない。

『お母さん、おねんねするからだっこしてーっ』

『裕也くん、どうしておねんねなのにそんなところに上っているの？』

時に、天真爛漫《てんしんらんまん》なやんちゃ坊主は氷川の寿命を縮める。

今現在、予定通り、仕事をしていることが奇跡なのかもしれない。

裕也くんは保育園でいい子にしているかな、と氷川は保育園に預けた裕也を脳裏に浮かべた。保育園に預ける時は寂しさで胸がチクリと痛んだものだ。さんざん振り回され、疲弊していたというのに。

もっとも、今は愛し子《いとご》を思っている場合ではない。

内科医としての態度を崩さず、特権階級特有の傲慢《ごうまん》さを発揮する患者に接した。ベテラン看護師の声が荒れても、氷川の声音は荒れたりはしない。バズーカ砲を持ちだす男に比べたらなんでもないから。


目まぐるしい外来の午前診察を終え、氷川は医局で遅い昼食を摂った。以前となんら変わらず、医師たちは不倫相手の話で盛り上がっている。女好きで名高い外科部長は、手を出したばかりの女子大生について自慢するかのように語った。

「夏休みにイタリア一周旅行に連れていけとねだられましたが、そんな暇はありません。グッチのバッグとブルガリのリングを買ってやったら鎮まりました。女って若くてもババアでもこういうもんですよ」

「鞄《かばん》と指輪ですむなんて楽ですね。うちのＣＡは恵比寿《えびす》のマンションを欲しがりました」

「うちの受付嬢は赤坂のタワーマンションです。かみさんにバレそうなので、中古のマンションで手を打たせるつもりですが」

妻子持ちの不倫話に口を挟まず、氷川は黙々と仕出し弁当を平らげた。医局秘書が淹《い》れたコーヒーを飲みながら、医事課から回ってきた診断書に記入する。いつの間にか妻子持ちの医師たちの話題は、不倫相手から『プリンス』と呼ばれた医師に変わっていた。

「名和武宣《なわたけのぶ》先生、浅羽時誉《あさばときしげ》先生、勅使河原蓮実《てしがわらはすみ》先生の時代が遠くなった。本物のプリンスがいなくなって久しい」

医師としての腕だけでなく、言動や出自など、かつて非の打ち所のない紳士がいた。氷川もその高名と業績は知っている。私財をすべて擲《なげう》って患者を救った内科医や、歴史上の偉人の血を引くハーフの外科医も賛嘆されたが、昨今、誰もが認める本物はいない。

「……あ、若いプリンスがひとりいる。速水《はやみ》総合病院の速水俊英《しゅんえい》先生は本物のプリンスだ。米国では絶対に無理だというオペを何件も成功させて絶賛されたよ」

壮年の整形外科医が興奮気味に若い天才外科医について言及した。

氷川の耳にも『日本の誇り』とまで称賛された天才外科医の噂《うわさ》は届いたが、いつしか、何も聞こえなくなったのだ。ひょんなことで耳にしたのは『神の手を失った』だの『道を踏み外した』だの不埒《ふらち》な噂ばかり。

愛しい男と再会してから想像を絶する日々に追い立てられていた故、氷川は興味を持って噂話を追うこともしなかった。

「……そうそう、速水清英《せいえい》院長の跡取り息子は本物のプリンスだよ。ルックスもファッションモデルみたいだから米国でもモテたらしい」

外科部長や外科医長、研修医も次世代を担う若いプリンスの名に目をキラキラさせた。やっかみは微塵《みじん》もない。

ただ、若手外科医の深津達也《ふかつたつや》はそれまで無言だったが、初めて呆れ顔で口を挟んだ。

「俊英先生の奇行を知らないんですか？　帰国した途端、探偵になったそうです。速水家の人たちは寝込んだそうですよ」

深津は同じ外科医だけに、何度も奇跡を起こした天才の転職が理解できないらしい。

……探偵、探偵ってあのホームズや明智小五郎《あけちこごろう》の探偵、外科医からどうして探偵、メスからルーペ、と氷川は初耳なので驚いた。どんなに妄想力を逞《たくま》しく働かせても、外科医と探偵が結びつかない。

医局に詰めていた医師たちも驚愕《きょうがく》でざわめく。ただそういった類《たぐ》いの噂を耳にした医師はいるようだ。

「……深津先生、その噂は本当だったのかね？　俊英先生は父親の早すぎる再婚で少年時代に心にヒビが入ったと聞いた。父親が再婚相手と新しい家族を形成したものだから、成人してこじらせたとも聞いたが……まさか、探偵の話が真実だとは知らなかった」

「それが事実なら俊英先生はプリンスの称号に相応《ふさわ》しくない。私が知る限り、本物のプリンスは上泉昭平《かみいずみあきひら》先生だけだな」

外科部長が顰《しか》めっ面《つら》で肩を竦《すく》めると、ほかの医師たちは同意するように相槌《あいづち》を打った。

「そりゃあ、上泉先生はプリンスの中のプリンスです……が、今どこで何をしていらっしゃるのか……」

上泉昭平先生、プリンスの話題になったら絶対に出ると思っていた、と氷川は自分を落ち着かせるようにコーヒーを飲み干す。何せ、話題の主に心当たりがあるから。

上泉は華族出身の令息で、若くして米国に留学し飛び級で名門大学の医学部に入学している。卒業後、早々に天才外科医の名をほしいままにした正真正銘のプリンスだ。

確か、速水総合病院の跡取り息子の俊英も同じような経歴らしく、医師たちは盛りあがった。明和病院には典型的な超エリート医師コースを進んだ医師はいない。

米国で『神の手を持つ天才外科医』と尊敬を集めたところまでは、速水俊英も同じルートを辿《たど》っている。

上泉は米国で意欲的に活動していたのに、ある日、なんの前触れもなく、忽然《こつぜん》と表舞台から姿を消した。当時は医学界最大のミステリーとして噂が駆け巡ったという。

速水俊英は帰国後、プッツリと称賛の噂が途絶えた。医局の医師たちのつぎはぎの噂話によれば、俊英は帰国した途端、待ち侘《わ》びていた速水家や速水総合病院に戻らず、キャッシュで購入した古い洋館で探偵事務所を開いたらしい。奇行の理由は亡くなった実母を裏切ったという父親と再婚相手の家庭だ。

真実がどうであれ、施設育ちの氷川は馬鹿《ばか》らしくてたまらない。欲しいものを何一つとして与えられなかった孤児にとって、医師という職業は特別だったのだ。出自が判明した今も、医師という仕事に対する思いは変わらない。

清和くん、僕はもうなんの力もなかった学生じゃないから。

医師免許は最強の資格なんだ。

どんなことがあっても僕が守ってあげるからね、と氷川は実母に構ってもらえなかった十歳年下の幼馴染《おさななじ》みを瞼《まぶた》に浮かべた。

それだけで胸が熱くなる。

氷川は施設から氷川家に引き取られたものの、養父母に諦《あきら》めていた実子が生まれた途端、待遇がひどくなった。無用となった養子の心の支えが、近所に住んでいた幼い清和だったのだ。行方知れずになっても、心にはいつも実弟のような可愛《かわい》い幼馴染みが棲《す》んでいた。どんな辛《つら》いことがあっても、崩れなかった最大の要因だ。

再会した時、可愛い幼馴染みは屈強な男たちを従えた極道になっていた。背中に極彩色の昇《のぼ》り龍《りゅう》を見た時のショックは言葉にできない。

それでも、可愛い幼馴染みに対する思いは変わらない。

……いや、正確に言えば、ふたりの関係は思いがけなく変わったけれども。まさか弟のように思っていた清和に求められるとは予想だにしていなかったから。

氷川が愛しい男を思っている間に、医局の話題は意外な方向に進んでいた。突然、米国の最高機関の名前が飛びだしたのだ。

「……実はある筋から由々しき情報を仕入れた。某国の情報機関が上泉先生の神の手を独占するため、拉致《らち》し、監禁しているというものです」

深津が神妙な面持ちで明かすと、ほかの医師たちにどよめきが走る。

真っ先に外科部長が身を乗りだした。

「……ああ、ありえる。あのゴッドハンドはそれだけの価値がある」

「上泉先生のご家族がＣＩＡに調査を依頼したそうです。確かな筋からの情報です。そのうち、朗報が聞けるかもしれませんね」

上泉は所属していたリージェンツ病院の院長の愛娘《まなむすめ》と結婚している。ハニーブロンドの妻が必死に働きかけたらＣＩＡを動かせるはずだ。

「……こんなことは考えたくないが、上泉先生はその拉致された機関に洗脳されている可能性はないかね？」

「神の手を持つ天才外科医が悪魔の手を持つ天才外科医に変身している……って、思いたくないですね」

医師たちは真剣な顔で話し合っているが、氷川は素知らぬ顔で聞き流した。しかし、心の中では葛藤《かっとう》している。何せ、眞鍋組と縁のある闇医者の木村《きむら》が、プリンスの中のプリンスと賛嘆された天才外科医だと知っているからだ。

どこか貴族的な紳士だった外科医は、飲んだくれのオヤジ医師に変貌《へんぼう》を遂げている。

木村先生、いつまで飲んだくれているつもりですか、と氷川は常に酒の匂《にお》いをさせている木村に届くように心の中で語りかけた。天才外科医の復活を待つ患者を思えば辛い。

医師たちの話によれば、ＣＩＡは救出チームを組んでいるらしい。米国の大統領選挙の結果次第で突撃命令が出るという。

上泉は某国の情報機関に拉致されていないし、監禁もされていない。自分自身の意志で身を沈めている。

ＣＩＡなら天才外科医を家族の元に帰すことができるのか。ＣＩＡぐらいでないと頑固な天才外科医は家族の元に帰らないのではないか。

ＣＩＡはどこまで摑《つか》んでいるのか、と氷川は米国の情報機関に意識を向けた。もちろん、映画やドラマの中でしか知らない機関だ。

けれども、氷川が愛した男は指定暴力団・眞鍋組の二代目組長である。国内だけでなく米国も、日本の暴力団に対する締め付けが厳しくなったと聞いていた。ＣＩＡのデータに不夜城を支配する暴力団がインプットされていることは間違いない。

ＣＩＡが木村先生関係で眞鍋組に何かすることはないよな、と氷川が悪い予感に顔を曇らせた時、深津に話しかけられた。

「氷川先生、御手洗理事のお供はどうだった？」

「勉強になりました」

氷川は満面の笑みを浮かべ、当たり障りのない返事をした。新婚旅行のための長期休暇を取るため、眞鍋随一の策士こと三國《みくに》祐が御手洗理事をどんな理由で脅迫したのか、後で確かめなければならない。

「氷川先生のいない間、毎晩、事件があったんだ」

深津に意味深に言われ、氷川の背筋に冷たいものが走った。ひょっとしたら、清和の敵が何か仕掛けたのかもしれない。カタギには手を出さないという掟《おきて》があるらしいが、氷川は今までに幾度となく狙われた。不夜城の覇者の弱点がなんであるか、巷《ちまた》のチンピラまで知っているからだ。

「何かあったんですか？」

「毎晩、包丁を持った女が医局に乗り込んできた」

氷川の眼底に眞鍋組二代目姐の座を狙う美女軍団が過《よぎ》ったが、ここは女癖の悪い医師の巣窟《そうくつ》だ。氷川はいつ不倫相手に刺されてもおかしくない男性医師たちを横目で眺めた。

「……それは医師の不倫相手？」

氷川が小声で尋ねると、深津は肯定するようにコクリと頷《うなず》いた。

「毎晩、毎晩、違う女が包丁を持って医局に乗り込んできたからさすがに驚いた。こんなに続くのは初めてだ。連続記録更新中」

外科部長の不倫相手を皮切りに耳鼻咽喉科《じびいんこうか》部長の不倫相手に眼科医長の不倫相手、と深津は真顔で続けた。それぞれ、今、何事もなかったかのように噂話に興じている妻子持ちの医師たちだ。

「今夜もありそうですか？」

「今夜は副院長の不倫相手が乗り込むんじゃないかともっぱらの噂」

連続記録更新か、否か、密《ひそ》かに医師の間では賭《か》けが行われているという。深津はあっけらかんと語ったが、氷川は筆で描いたような眉《まゆ》を顰《ひそ》めた。

「警備を見直したんですか？」

「見直すわけないだろう」

深津が馬鹿らしそうに笑ったので、氷川も苦笑を漏らした。心身ともに疲弊するハードな職場で働いていると、なんらかのネジが緩むことは確かだ。けれど、これこそ、よく知る命の現場だ。判で押したように何も変わっていない。二杯目のコーヒーを飲む間もなく、病棟の看護師から連絡が入り、氷川は足早に医局を出た。

2

氷川《ひかわ》は内科医としての仕事を終え、ロッカールームで白衣を脱ぎ、送迎係のショウに連絡を入れる。スタッフ専用の出入り口から出て、待ち合わせ場所に向かった。日が長くなったとはいえ、豊かな緑は夜の色に染まっている。

「お疲れ様です」

どこで何をしていたのか不明だが、待ち合わせ場所の空き地ではショウが黒塗りのメルセデス・ベンツとともに待機していた。今朝、保育園の前で裕也《ゆうや》と暴れまくった元やんちゃ坊主とは思えない礼儀正しさだ。

「ありがとう」

ショウによって開けられたドアから、氷川が後部座席に乗り込むと、黒いスーツに身を包んだ清和《せいわ》がいた。多忙を極めている不夜城の覇者が、どうしてこんなところにいるのだろう。本来、式を挙げたり、新婚旅行に出たりする余裕はなかったはずだ。事実、今朝、目覚めたら隣に愛《いと》しい美丈夫《びじょうふ》はいなかった。代わりというか、間に挟んで寝ていた裕也は豪快な寝息を立てていただけれども。

「……あれ？　清和くん？」

氷川が目を丸くすると、眞鍋《まなべ》組の組長ではなく特攻隊長が答えた。

「姐《あね》さんはちょっと目を離しただけでもなんかしやがる。二代目はハムとソーセージのショックが大きくて捕まえに……じゃねぇっス。二代目は愛する姐さんと少しでも長く一緒にいるためにお迎えにあがりました」

ショウは途中で言い直したが、氷川は聞き漏らしたりはしない。

「ショウくん、本心が漏れたよ」

「ハムやソーセージのお母さんの台所ごっこは家の中でやってくれっス。医者ごっこも家の中で二代目相手にやってくれっス」

ショウが憎々しげに揶揄《やゆ》した『お母さんの台所』は、氷川が新しい眞鍋のために懸命になって模索しているプロジェクトだ。協力者も増え、販売ルートも発売日も決まった。ただ、眞鍋組二代目組長の承諾が下りないだけだ。

「……ごっこ?」

氷川の清楚《せいそ》な美貌《びぼう》が険しくなったが、二代目組長に忠誠を誓った舎弟は怯《おび》えなかった。

「ごっこっス」

「よくも言ったね。僕は本気なのに」

「本気だから怖いっス。マジだから怖いっス。俺たちはハムやソーセージを売るために盃《さかずき》をもらったわけじゃねぇっス」

ショウが眞鍋組構成員一同の恐怖を吐露すると、清和の鋭い目に暗い影が走った。もちろん、氷川は気にしない。

「ショウくん、ハムとソーセージだけじゃない。ハンバーグもローストビーフもあるから。ミートローフもミートボールもあるよ」

きっかけがなんであれ、意外なくらい美味《おい》しくできたから、信司《しんじ》や夏目《なつめ》は商品化を諦《あきら》められなかったのだろう。商品の種類も増えたし、力強い協力者も得たからなおさらだ。氷川も今になってプロジェクトを停止したくない。

「……そ、そういうことじゃねぇっス」

ショウが真っ赤な顔で力んだ時、清和が低い声でボソリと口を挟んだ。

「ショウ、出せ」

「二代目、そうっスね。出します」

ショウが真顔でアクセルを踏むと、氷川と清和を乗せた車はスムーズに動きだす。いつものことながら、卓越した運転技術だ。

あっという間に、眞鍋の韋駄天《いだてん》がハンドルを握る高級車は小高い丘を下りた。

「……あれ？　こっちの道からでも行けるの？　ショウくん、保育園に向かっているんだよね？」

予《あらかじ》め保育園には頼んでいるし、裕也もお迎えが遅くなると納得してくれているが、氷川は心配でならない。それでも、仕事はきっちりとこなした。売店では裕也が好きそうなクマのチョコレート菓子を購入している。

「典子《のりこ》姐さんが帰国してくれました」

ショウはハンドルを左に切りながら、予定より早く帰国した橘高正宗《きったかまさむね》の妻について答えた。普段、裕也は清和の養父母である橘高夫妻に育てられている。

「……え？　予定では明後日《あさって》だったでしょう？」

眞鍋組顧問の橘高は妻を連れ、義理事でシンガポールに飛んだ。帰国するまでの間、氷川が裕也の世話を頼まれたのだ。

「卓《すぐる》と吾郎《ごろう》の男泣きが効果あり……じゃねぇっス。典子姐さんの役目は早めにすんだそうっス」

「橘高さんは？」

「橘高のオヤジの帰国は明後日っス」

「今夜、僕は裕也くんにチーズ入りソーセージを食べさせてあげる予定をしていた」

信司と夏目が心血注いだソーセージに、フランス人協力者が手配したチーズを混ぜたら最高の味になった。氷川は夕食を子供用にアレンジし、裕也に食べさせるつもりだった。

「典子姐さんが食わせるから問題ねえっス」

何かが引っかかる。

典子さんの帰国は本当だろうけれど何かがおかしい、と氷川は嘘《うそ》がつけないショウから異変を悟った。

「ふ～ん、つまり、僕と裕也くんを会わせたくないんだ」

「違うっス」

「……じゃあ、裕也くんの保育園仲間の保護者と会わせたくないんだ。ニコラとフィリップのパパが提供してくれるチーズは眞鍋ブランドの添え物じゃなくて目玉商品になるよ」『お母さんの台所』プロジェクトには、裕也の保育園仲間も関わっている。だからこそ、氷川は勝機を感じ、張り切ったのだ。

「姐さん、そんな暇があるなら二代目を構ってやれっ」

ショウに腹立たしそうに叫ばれ、氷川は隣に座る愛しい男の手をぎゅっ、と握った。

「僕はいつも清和くんを大事に思って過ごしています」

一に組長、二に組長、三四がなくて五に組長、が極道の姐の心得だという。氷川はありったけの気持ちを込め、握った清和の手を揺すぶった。僕の愛はわかっているよね、と。わからないなんて言わせないよ、と。

「思うだけじゃなくってちゃんと相手してやってくれっス」

「……清和くん、ぐずったの？」

氷川は運転席のショウから隣にいる不夜城の覇者に視線を流した。しかし、仏頂面で口を噤《つぐ》んでいる。

「諒《りょう》兄ちゃんはいつでもどこでも清和くんのことを思っているよ」

氷川は握った清和の大きな手に唇を寄せた。

チュッ、と触れるだけのキスをする。

それでも、愛しい男の渋面は柔らかくならない。口も真珠を含んだ貝のように固く閉じられたままだ。

「わかってね。『お母さんの台所』シリーズは清和くんのためだからね。もう危ないことをしなくてもすむから……」

氷川の言葉を遮るように、清和は地を這《は》うような声で言った。

「よせ」

握っている清和の大きな手から焦燥感が伝わってくる。氷川は長い睫《まつ》毛《げ》に縁取られた瞳《ひとみ》をゆらゆらと揺らした。

「どうして?」

「やめろ」

背中に極彩色の昇《のぼ》り龍《りゅう》を背負った極道に、悲《ひ》壮《そう》感混じりの迫力が漲《みなぎ》る。氷川が張り切っているプロジェクトに、全身全力を注いで反対していることは間違いない。

「信司くんや夏目くんは美味しくて健康的な商品を作ってくれたよ。『意外と熱海《あたみ》』の復活にあやかって、『意外と眞鍋』で頑張ろう」

「頼むからやめてくれ」

「なんで？　信司くんや夏目くんに確認したけど、祐《たすく》くんはＯＫを出したんでしょう？」

眞鍋の魔女が承諾しなければ、脳内に花畑が広がっている信司もプロジェクトを進めなかったはずだ。

「……あれは」

祐には祐の狙《ねら》いがあった、と清和の鋭敏な目は雄弁に語っている。

氷川にしても眞鍋組で一番汚いシナリオを書く策士の魂胆はなんとなく気づいていた。

それでも、あえて無視する。

「あれは何？　浩太郎《こうたろう》くんが牡蠣《かき》にあたったのは偶然だよね？　祐くんが仕組んだわけじゃないよね？」

いくら不夜城を震撼《しんかん》させる魔女でも、プロジェクトを阻止するために貝毒を仕込んだりはしないはずだ。毎日サービスの香取《かとり》浩太郎は貝毒の原因が祐だと思ったらしいが。

「とりあえず、よせ」

愛しい男にどう言われても、氷川は納得できなかった。

「いやだ。絶対に成功させる」

「…………」

「そんなに反対するなら、僕が納得できる反対理由を百文字以内で述べなさい。言っとくけど、極道の古くさいしきたりなんて百文字以内でまとめても納得しないよ」

氷川が険しい顔で捲《まく》し立《た》てると、ぶはっ、とハンドルを握ったショウが噴きだした。

清和の渋面はますます渋くなり、車内の空気が一段と重くなる。

どこからともなく、パトカーや消防車のサイレンが響いてきた。救急車のサイレンが遠くから聞こえる。

しばらくの間、車内には微妙な沈黙が流れた。氷川がどんなに待っても、清和の口から百文字以内の答えが出ない。

清和くん、百文字以内にまとめられないのかな。

……ううん、これは答える気がない、と氷川は清和の横顔からその心情を悟った。

おむつを替えた過去があるからか、愛しているからか、愛されているからか、理由は定かではないが、なんとなく愛しい男の心情を読み取ることができるのだ。今まで指摘して、外れたことはない。

待っていても無駄、と氷川は静寂を破った。

「清和くん、僕に『お母さんの台所』プロジェクトを成功させる力がないと思っているの？」

「…………」

「僕が失敗して眞鍋に損害を与えると思っているの？」

氷川が嫌みっぽく手を摑《つか》み直《なお》すと、誰よりも凜々《りり》しい男が溜《た》め息《いき》をついた。

「……違う」

ピリピリピリピリッ、とした緊張感が隣の清和と運転席から伝わってくる。ショウはアクセルを踏み、スピードを上げた。

「じゃあ、どうして？」

「おかしなことはするな」

清和は真《ま》っ直《す》ぐに前を向いたままボソリと言った。決して姉さん女房と視線を合わせようとはしない。

「おかしなこと？　おかしなことなの？　どこがどうおかしなことなの？」

氷川にはおかしなことに奮闘している自覚がない。すべては愛しい男のため、ひいては眞鍋のためである。

「………………」

「清和くんが眞鍋組を解散しない大きな理由のひとつは、組員さんたちの再就職先だよね。僕が組員さんたちの再就職先を作る。熱海ならきっと上手《うま》くいくよ」

清和が金看板を背負う眞鍋組には、多くの構成員が在籍している。眞鍋組が消えれば、不器用な元構成員たちは路頭に迷うはずだ。何せ、極道としてしか生きられない男が少なくない。

そもそも、逼迫《ひっぱく》していた眞鍋組の経済状況を改善させたのは清和だという。株や相場で経済を立て直したインテリヤクザだが、修羅の世界の男には変わりがない。眞鍋の昇り龍は兜町《かぶとちょう》でも評判だと聞いたが、氷川はいろいろな意味で複雑な気分だ。

「やめてくれ」

清和の表情や声音はいっさい変わらないが、焦燥感に駆られていることは確かだ。氷川の白皙《はくせき》の美貌が引《ひ》き攣《つ》る。

「だから、僕を納得させる理由を言いなさい。百文字以内じゃなくて、十文字以上、ちゃんと喋《しゃべ》りなさい」

氷川は口下手な清和を考慮し、文字数に注文をつけ直した。ぐはっ、と噴きだしたのは運転席のショウだ。

けれど、肝心の清和は押し黙っている。唇も動きそうにない。

「清和くん、僕を見て」

グイッ、と氷川は清和の手を引っ張った。

それでも、清和は視線を合わせようとはしない。己と姉さん女房の力関係を身に染みて知っているからだ。

「僕の可愛《かわい》い清和くん、ショウくんに助けを求めても無駄だよっ」

氷川は不夜城の支配者が切り込み隊長に視線で助けを求めていることに気づく。まったくもって、往生際が悪い。

……げっ、げろっ、と両生類の如《ごと》き声を漏らしたのは運転席のショウだ。肝心の清和は両生類の鳴き声さえ漏らさない。

「僕の大切な清和くん、いい子だから僕を見て答えなさい。十文字以上なんて言わない。五文字以上でいいから答えて」

氷川がハードルを下げても、清和の態度は一向に変わらない。

「…………」

「諒兄ちゃんを見なさい。そんなにお外には楽しいのがあるの？　清和くんが好きな車や電車が走っているの？」

いつしか、極めつけの顰《しか》めっ面《つら》の向こう側に、眞鍋組が統《す》べる夜の街が広がっている。ギラギラしたネオンが点灯し、派手に着飾った夜の蝶《ちょう》が行き交う男に媚《こ》びを売っていた。今風のホストがふくよかな女性の肩を抱き、オープンしたばかりのホストクラブに連れ込む。外から見る限り、戦後最大の不況の波は感じない。

スモークが貼《は》られた車に不夜城の支配者が乗っていると運転手で気づいたらしく、フラワーショップの前に立っていた生意気そうなホストたちがいっせいに頭を下げた。客引きをしていた夜の蝶や配達中の若い男性も一礼する。

ショウが二代目組長の返事のように、クラクションを二回、景気よく鳴らした。

車窓の向こう側に同伴御用達《ごようたし》となっているイタリア料理店が見えた時、ショウはハンドルを右に切って道を替えた。ちょうどその時、イタリア料理店から眞鍋組と何かと縁のあるホストクラブ・ジュリアスのホストたちが出てきたのに。

……いや、見せたくなかったのか。意識を向けさせたくなかったのか。理由はわからないが、逃げるかのように道を替えたことは間違いない。

「ショウくん、今のはジュリアスのホストだよね？」

瞬時のことだったが、ジュリアスのホストたちの中には一際華やかな京介《きょうすけ》がいた。

「……ここでホストはゴキブリより転がっているっス」

ホストをゴキブリにたとえて揶揄するなど、ショウと幼馴染《おさななじ》みのホストの間で揉《も》め事《ごと》があったのかもしれない。氷川は単純単細胞アメーバのショウとカリスマホストとして莫《ばく》大《だい》な数字を叩《たた》きだしている京介を並べた。

「ホストがゴキブリ？　さんざんお世話になっている京介くんに対する嫌み？　ひょっとしてまた京介くんを怒らせたの？」

氷川がズバリ切り込むと、ショウは低く唸《うな》った。

「……ぐぅうっ」

「どうせショウくんが悪いんだから、さっさと謝って許してもらおう」

一概には言えないが、若いヤクザの収入は乏しく、支えてくれる女性がいなければやっていけないという。ショウは女性を作っては逃げられるケースを繰り返し、今では幼馴染みの京介に衣食住のすべてを世話になっていた。言わずもがな、ショウが勝手に上がり込んで棲《す》みついたのだ。

「……あ、姐さん……今回ばかりは……」

「今回？　今回もショウくんが京介くんのご飯やお菓子を全部食べちゃったの？」

怖いもの知らずのヤクザと華麗なるカリスマホストのケンカの原因は、どこを切っても同じ金太郎飴《きんたろうあめ》のように決まっている。

あげパンにコンビニおにぎりに煎餅《せんべい》に赤福餅《あかふくもち》にお寿司《すし》、ワッフルやメロンパンやシュークリームや牛丼《ぎゅうどん》や豚肉丼やカレー丼もあったはず、まだ何かあった、と氷川の脳裏に今までふたりが揉めた原因が走馬灯のように駆け巡る。

「……う、うぅ……そこに山があったから山に登る。そこに海老《えび》シュウマイがあったから海老シュウマイを食った。それだけっス」

今回は海老シュウマイ、と氷川はがっくり肩を落とした。

「京介くんの分、ひとつも残さずに食べちゃったの？」

「京介のために海老はひとつ残したっス」

「まさか、海老シュウマイにトッピングされている海老ひとつだけを残したわけじゃないよね？」

　本当にショウが海老シュウマイを丸々ひとつ残していたら、京介はゴジラにならなかったに違いない。

「残してやったのに怒った。殴った。蹴《け》った」

「怒られて当然です。どうして、ショウくんは同じ間違いを繰り返すの」

　長いつき合いがそうさせるのか、もともとそういう性格なのか、ショウの辞書に遠慮という文字はない。今まで京介に見捨てられなかったことが不思議だ。

「姐さん、どうしてあいつは俺がこういう男だって学ばないんスか？」

「圧倒的に悪いのはショウくんだから」

「どこが？　俺があいつに劣っているのは顔だけっス」

　ショウは腹立たしそうに言い放つと、眞鍋第三ビルを素通りし、極道の匂《にお》いがない眞鍋第二ビルの駐車場に進んだ。

　その瞬間、それまでのショウと京介の話がどこかに飛んでしまう。氷川はきょとんとした面持ちで尋ねた。

「……あ、あれ？　どうしてまた眞鍋第二ビルなの？」

　氷川の疑問に誰も答えない。

　ショウは口を真一文字に結び、素早い動作で運転席から飛び降りた。そうして、氷川のために後部座席のドアを開ける。

「姐さん、お疲れっス」

「ショウくん、第三ビルは？」

「お待たせしたっス。お疲れ様っス」

氷川が清和と暮らしていたのは、眞鍋第三ビルの最上階である。爆破され、ほかのフロアで暮らしたこともあるし、ゴージャスな監禁部屋に閉じ込められたこともあったが、ふたりの基本の日々は眞鍋第三ビルの最上階だ。

「第三ビルが爆破された？」

幾度となく清和のプライベートフロアは攻撃対象になった。氷川自身、第三ビルを木っ端《こ》微塵《ぱみじん》に吹き飛ばす爆発物を製造できる。

「姐さんでもあるまいし……じゃ、ねぇっス」

「第三ビルは無事なんだね？」

ビルが爆破されたらニュースになるが、時に眞鍋組はありとあらゆる手を駆使して警察やメディアを抑え込む。仁義を切る橘高の存在や剣道で有名な高徳護国流《たかとくごこく》の次男坊の存在により、眞鍋組に警察が甘くなるのも周知の事実だ。

「姐さんが爆破しない限り無事っス……じゃねえっス……いや、マジにそうかも……姐さんっス」

ショウでは埒《らち》が明かないと、氷川は、我関せずで無言を貫いている清和に尋ねた。

「清和くん、僕と清和くんの部屋は眞鍋第三ビルの最上階だよね？」

初めて清和のプライベートフロアに連れていかれた日のことは今でも鮮明に覚えている。思いだすだけでも頬《ほお》が染まるが、今はそんな場合ではない。

「…………」

清和の鋭い目に養父の兄貴分に対する仁義を読み取った。すなわち、支倉涼子《はせくらりょうこ》という若い美女だ。

「まだ涼子さんがいるの？」

涼子が二代目姐候補として、前々から眞鍋第三ビルの最上階に居座っていた。招き入れたのはほかでもない眞鍋組の祐だ。

「…………」

涼子が眞鍋組二代目姐の座に執着していることは間違いない。手強《てごわ》い相手だと氷川も認識していた。

「涼子さんが眞鍋第三ビルの最上階にいることは、涼子さんが清和くんの奥さんっていう意味？」

氷川の日本人形のような顔が般若《はんにゃ》と化した。

ひっ、とショウの低い悲鳴が漏れるが、清和は銅像のように固まっている。

「そういうことだよね？」

氷川は般若顔で愛しい男に詰め寄った。

「…………」

「結婚式を挙げても、僕は愛人なのかな？」

教会で永遠の愛を誓っても、大勢の友人知人に祝福されても、周りから夫婦として認められても男同士だ。今でも戸籍上は赤の他人のままである。どちらかの気持ちが冷めたらそこで終わりだ。正確に言えば、清和の気持ちが冷めたら終わりだ。

僕の気持ちが冷めることはないから別れるとしたら清和くんの心変わり、と氷川は心だけという繋《つな》がりを噛《か》み締《し》める。

だが、考えるだけでおかしくなりそうだ。愛しい男と離れるなど、どうしたって耐えられそうにない。

「…………」

「清和くん、どういうこと？」

極道界において男の姐など、前代未聞の珍事なんてものではない。それなのに、清和は当時、二代目姐候補として囲っていた初代組長姐の親戚《しんせき》の美女を捨てて、堂々と十歳年上の男性内科医を姐として隣に座らせた。今からでも二代目組長は眞鍋組のために支倉組長の娘を姐に迎えたほうがいいことは明らかだ。

「…………」

「僕が涼子さんと話をつけなきゃ駄目なんだね」

氷川が般若の顔で凄《すご》むと、清和とショウは同時に叫んだ。

「やめろっ」

「やめろっス」

眞鍋組二代目組長と韋駄天の制止ぐらいで氷川は止まらない。涼子という女性と僅《わず》かながらも接したことがあるだけに平静でいられないのだ。

「極道の女の戦争は男の取り合いなんでしょう。涼子さんがピストルを持ちだしても僕は負けないっ」

氷川は心の中に必勝のハチマキを巻き、甲高い声で宣言した。たとえ、涼子に銃口を向けられても怯えたりはしない。

「……うっうぉぉぉぉぉーっ、姐さん、こんな時だけ極妻の顔をしないでくれーっ」

ショウの断末魔に似た雄叫《おたけ》びが響き渡るや否や、氷川の華奢《きゃしゃ》な身体《からだ》は清和に抱きかかえられた。そのままエレベーターに運ばれる。

「二代目、絶対に出さないでくれーっ」

ショウの切羽詰まった絶叫とともにエレベーターのドアは閉まった。あっという間の出来事であり、氷川は瞬きをする間もなかった。

チン、という音とともにエレベーターのドアが開き、カサブランカのアレンジメントが飾られたヴィクトリア調の優雅な部屋に到着した。これまでに閉じ込められたことのある部屋とはムードが違う。

氷川は清和に抱かれたままエレベーターから降りる。

「清和くん、下ろして」

姉さん女房の言葉を年下の亭主は真顔で無視した。クリスタルのシャンデリアの下、大《おお》股《また》で進む。

「僕は自分で歩けるから」

「…………」

「逃げたりしないから」

氷川は白い手を振ったが、屈強な男にはなんのダメージも与えられない。その足取りは憎たらしいぐらい確かだ。

「…………」

「……あ、この部屋の造り……このタイプだとまた僕は監禁されるの？　エレベーターを止められたら僕は出られないよね？」

　エレベーターから出た途端、猫脚のソファやテーブルが置かれた優美な部屋が広がっているし、階段や廊下は見当たらない。おそらく、ドアの向こう側はベッドルームやライブラリーだろう。

「…………」

「今回は監禁じゃないね？　清和くんは僕を監禁したりしないね？」

　眞鍋の魔女によってゴージャスな監禁部屋に監禁された悪夢が蘇《よみがえ》る。眞鍋組が一枚岩になって氷川を籠《かご》の鳥にしたがっていることはいやというぐらい知っていた。

「…………」

「祐くんは香港《ホンコン》から帰ってきていないよね？」

　監禁という人権を無視した実力行使に出る時の指揮官は祐だ。

　祐くん以外に僕を強引に監禁したりする人はいないはず、という思いが氷川にはあった。冷静に愛しい男の表情に神経を集中させる。

「…………」

「監禁部屋じゃないのにこの部屋？　僕たちふたりの部屋に帰れない理由があるんだね？　だいぶ帰っていないよね？」

　最後にふたりで第三ビルの最上階で目覚めたのはいつだったのだろう。咄嗟《とっさ》に氷川は記憶の糸を手繰《たぐ》り寄《よ》せる。

あまりにも想定外の出来事がいろいろと立て続けに起こった。よくよく考えてみれば、今こうやって愛しい男に抱かれていること自体が奇跡なのかもしれない。

「…………」

「どうして涼子さんは僕たちの部屋にいるの？」

「…………」

「清和くんがＯＫを出したの？」

ポンッ、と氷川がシャープな頬を叩くと、ようやく眞鍋の金看板を背負う男が重い口を開いた。

「違う」

「なら、どうして涼子さんが僕と清和くんの部屋にいるの？」

「…………」

「五文字以上で答えなさい」

バタバタバタバタッ、と氷川が駄々っ子のように足をバタつかせても、屈強な男はビクともしない。悠々とヴィクトリア調のインテリアで統一された部屋を進む。

「…………」

「……じゃ、マークシート……じゃなくて番号で答えなさい。①祐くんの意志　②眞鍋組

の意志　③関東の大親分の意志　④その他」

答えて、と氷川が黒目がちな目を潤ませた。感情が昂《たか》ぶり、自然と目が涙で濡《ぬ》れる。

それでようやく若き帝王の足が止まった。敵には容赦しないと恐れられている極道は自身の妻の涙にめっぽう弱い。

「……①」

清和は窓の外に広がる夜景を眺めつつ、いつもよりトーンを落とした声でボソリと言った。周りの空気がどんよりと重くなる。

「……①なの？　祐くんの意志で涼子さんは居座っているんだね？　祐くんのいやがらせ？」

やっぱり、と氷川は唇を噛み締める。そもそも祐の助力がなければ、涼子はセキュリティの厳しい第三ビルの最上階まで辿《たど》り着《つ》けなかっただろう。

「…………」

「バナナと狸《たぬき》でどんなに恨まれているかわかるよ。わかるけどね、僕にもいろいろと言いたいことはあるんだ」

伝統を感じさせるヴィクトリア調のアンティーク家具で揃《そろ》えられた優雅な部屋には似つかわしくないアイテムが点在している。すなわち、台湾バナナと狸だ。長椅子《ながいす》には狸のカップルのぬいぐるみがいるし、ワゴンに用意されているティーカップには狸が描かれている。お約束のように、テーブルのフルーツスタンドには台湾バナナがてんこ盛りだ。三段のケーキスタンドにはバナナのサンドイッチやバナナのスコーンやバナナのタルトなど、定番と化したバナナ尽くしである。

「………………」

清和は横目で壁に飾られている風景画に視線を流した。いかにもといった英国の村が描かれ、監視カメラが仕込まれているようには感じない。だが、間違いなくあちらこちらに監視カメラは設置されているはずだ。

「祐くんは本気で涼子さんを二代目姐にする気？」

魔女が本気になれば、明日にも眞鍋組の二代目姐は涼子だ。清和は堂々と極道界の義理事に姐を連れ歩ける。

「それはない」

清和は決して視線を合わせようとはしないが、力強い口調で断言した。

「どうしてそう言い切れる？」

「俺の女房は決まった」

お前だけ、と清和は心の中で断言している。

「……僕？」

こっちを向いて、ちゃんと僕を見て、と氷川は両手で清和の顔を挟んだ。

「ああ」

ようやく愛しい男と氷川の視線が交差する。

「祐くんならどんなに涼子さんが居座っても追いだせるはずだ。未《いま》だに追いださないのは何かあるんでしょう？」

どんなに楽観的に考えても、清和のプライベートフロアに居座る美女が気になる。追いださない策士も不気味だ。

「…………」

「男の僕じゃ姐として体裁が整わないから、涼子さんを対外的には姐にするの？」

「今さら」

清和は溜め息をつきながら、氷川の身体をそっと長椅子に下ろした。花台に飾られた大輪のカサブランカの芳醇《ほうじゅん》な香りが漂う。

「そうだね。今さらだよね……だったら、なおさらどうして？」

氷川は愛しい男の手を引いて隣に座らせた。

「…………」

「単なる祐くんのいやがらせ？」

祐が清和に命を捧《ささ》げていることは疑わない。ただ、あまりにもクセがありすぎるし、底意地が悪すぎる。目下、氷川の最大の敵だ。……敵ではないけれども敵だ。氷川自身、スマートな策士にはいろいろと鬱憤《うっぷん》が溜《た》まっている。

「…………」

「祐くんは涼子さんの存在で僕にプレッシャーをかけているの？」

「…………」

「清和くんは涼子さんをどう思っているの？」

氷川は清和に腕を絡ませ、深淵《しんえん》に沈めていた大きな不安を口にした。無意識のうちに下肢が震える。

「…………」

聞くな、と清和は心の中で言ったような気がする。

「嫌いな女性じゃないよね？」

清和が涼子に嫌悪感を抱いているとは思えない。どちらかと言えば、好意を抱いているような気がする。誰が敵になるかわからない世界で、涼子の父親と友好的な関係を築いているからだろう。

「…………」

「好きなの？」

氷川は聞きたくないのに聞いてしまった。すでに自分の感情がコントロールできない。

「…………」

「僕より好きなの？」

知《し》らず識《し》らずのうちに勝手に舌が動き、愛しい男に絡ませた腕に力が入る。下肢に無用な力が入った。

「……………」

「清和くん、どうしてそんなに楽しそうなの？」

氷川は白皙の美貌を歪《ゆが》め、愛しい男を睨《にら》み据《す》えた。清和の顔つきはさして変わらないが、内心ではとても喜んでいるような気がする。

「……………」

「僕を痛めつけて楽しいの？」

こんなに僕が不安でいっぱいなのに、と氷川は歯を噛み締める。密着している若い男の体温が上がった。

「……………」

年下の亭主の双眸《そうぼう》から心情を読み取り、氷川は惚《ほう》けた顔で声を上げた。

「……え？　今まで熱海の女の子たちや裕也くんたちばかり構っていたから拗《す》ねていたの？　それで？　それで喜んでいるの？」

図星だ。

愛しい男は無反応だが、氷川には手に取るようにわかる。

「……こ、この子は……この子はなんて……」

確かに、振り返ってみればふたりきりで過ごす時間は少なかった。怒濤《どとう》のような日々、身体がいくつあっても足りないぐらい忙しかったのだ。

「…………」

「そんな喜び方をするのは子供だよ。大人じゃない」

ツンツンッ、と氷川は指で愛しい男の唇を突《つつ》いた。

「…………」

「いけない子だね」

「…………」

「許してほしかったら僕にキスして」

氷川が甘い声でキスをねだれば、清和が照れくさそうに目を細める。心なしか、周りの空気が和らいだ。

「キスしてくれたから許してあげるけど、僕の心は傷ついたままだよ。なんか、モヤモヤしている」

「…………」

モヤモヤどころか、俺はずっとイライラしていた、ハラハラしていた、と不夜城の覇者が心の中で愚痴ったような気がした。

「優しく抱いてくれたら僕の心は癒《い》やされると思う」

優しくして、と氷川は煽《あお》るように婀娜《あだ》っぽい目で愛しい男を見つめた。

「……いいのか？」

清和の声は苛烈《かれつ》なヤクザとは思えないくらい掠《かす》れていた。いつも圧倒的に負担が大きい氷川の身体を慮《おもんばか》り、どんなに欲しくても自分から求めたりはしない。意外なくらい紳士的な一面がある。

「おいで」

欲しいくせに、と氷川は独り言のように呟《つぶや》いた。可愛い幼馴染みが大人の男に成長したと知っている。

「疲れていないのか？」

「いい子だからおいで」

シュル、と氷川は自分のネクタイを外した。白いシャツのボタンを上から順に外す。

「いい子はやめてくれ」

清和の視線はシャツのボタンを外す氷川の白い指だ。

「いい子はいやなの？　悪い子は駄目だよ」

ふふふっ、と氷川は艶《つや》っぽく微笑《ほほえ》むと、ズボンのベルトを外した。白いシャツのボタンはすべて外したが、あえて脱がない。

「……おい」

「僕のいい子、おいで」

氷川は花が咲いたように笑うと、愛しい男の首に左右の腕を絡ませる。衣服の上からでも清和の身体が熱くなっていることがわかる。

「文句を言うなよ」

「僕が文句を言うようなことはしちゃ駄目だよ。優しく節度をもってね」

「………………」

どうやってヤれというんだ、と清和の切れ長の目は呆《あき》れているが、身体の熱はまったく冷めていない。

「僕のいい子ならできる」

氷川は優しい声音で言うと、愛しい男の視線を感じながらズボンの前を開いた。

「………………」

「僕の可愛い清和くん、おいで」

白い頬を朱に染め、愛しい男を甘く誘う。

「……っ」

清和はとうとう耐えられなくなったらしく、氷川の華奢な身体を抱き上げた。そのまま大股で続き部屋に入り、中央に置かれていた天蓋《てんがい》付きの寝台に氷川の身体を沈める。ギシッ、という寝台が軋《きし》む音とともに清和が身体を重ねる。

「いいな？」

清和に改めて寝台で確認され、氷川はその律儀さに微笑んだ。

「僕の可愛い清和くん、いいよ」

氷川がにっこり微笑むと、清和の大きな手が下肢に伸びてきた。慣れた手つきでズボンを下着ごと脱がされる。

オスの顔をした愛しい男の目の前に、氷川のすんなりとした下半身が晒《さら》された。

「……あ、清和くん、待って」

氷川は寝台の下に落とされかけたズボンを咄嗟に摑み、自身の剝《む》きだしの下肢を隠すように覆った。

「なんだ？」

清和に怪訝《けげん》な目で尋ねられ、氷川は上ずった声を出した。

「ここに監視カメラは？」

「気にするな」

清和の表情や身に纏《まと》う空気から、氷川は監視カメラについて読み取る。どうやら、二代目組長がいる時は切られているらしい。

「清和くんがいる時は切られているの？」

「ああ」

清和はさりげない動作で寝台の下に置かれていた年代物の木の小箱からローションを取りだす。何に使うためのローションか、氷川は尋ねなくてもわかる。ただ、監視カメラは尋ねなくてはわからない。

「どれが監視カメラ？」

天蓋付きの寝台に監視カメラは設置されていないと思いたいが、絶対にないとは言い切れない。壁に飾られたゴブラン織りのタペストリーや窓際のグリフォンの彫刻、意匠の見事な花台に違和感はないが、もしかしたら監視カメラが隠されているかもしれない。ヴィクトリア調の鏡や壁紙自体に何か細工されている可能性もあるだろう。一度疑いだしたら切りがないのだ。

「…………」

「清和くん？」

清和の返事は氷川の染みひとつない白い肌への愛撫《あいぶ》だった。唇が首筋から鎖骨を這い、胸の突起に歯を立てる。

「……あ……あ……」

左の胸の飾りを舌で転がされ、右の胸の飾りは指で摘まれ、氷川の頬は薔薇色《ばらいろ》に染まった。左右の胸の突起はどちらも痛いぐらいプックリと起《た》ち上《あ》がり、愛しい男の執拗《しつよう》な

愛撫に喜んでいる。

「……あ……あの……もうそんなに……」

愛しい男は熱に浮かされたかのように、なだらかな胸に顔を埋《うず》めている。氷川は胸からじわじわと広がる悦楽に下肢を痙攣《けいれん》させた。

「……やっ……」

清和の唇が胸の飾りから臍《へそ》を辿り、際どいところに触れた瞬間、氷川の身体に甘い衝撃が走った。もう何も知らない身体ではないのだ。愛しい男の愛撫には敏感に反応し、さらなる快楽を求めてしまう。

心なしか、ふたりを取り巻く空気が濃厚になったような気がした。猫脚のコンソールテーブルに飾られているカサブランカの香りも理性を麻痺《まひ》させる。

「……あ……あ……そんなところ……」

清和の指を秘部に感じ、氷川の脳天が痺《しび》れた。どこかに飛んでしまいそうになる理性を必死になって押《お》し留《とど》めた。

愛しい男から発散されるオスのフェロモンが凄《すさ》まじい。かつて氷川の膝《ひざ》でアイスクリームを食べた当時の面影は微塵《みじん》もない。

「……そ、そこを……そんなふうにされたら……」

グッ、と清和の長い指が一本、潤滑剤代わりのローションのぬめりを借りて秘部にゆっくりと侵入してくる。馴染《なじ》む間もなく二本に増やされてしまう。苦しいだけではない。氷川は苦しいだけではないから困る。今にも浅ましい言葉を口走ってしまいそうだ。

「……いいのか？」

一瞬、聞き間違いかと思った。

あの可愛い幼馴染みがそんなことを言うはずがない。

が、肉壁を煽るように蠢《うごめ》く清和の長い指で空耳ではないとわかった。

「……な、なんてことを言うのっ」

氷川は真っ赤な顔で文句を言ったが、肉壁を煽る指は止まるどころか三本に増やされてしまう。

「いいんだな？」

「……やっ、そんなことを聞かないで……」

氷川は自分の意志を裏切って、淫《みだ》らにくねりだす腰に愕然《がくぜん》とする。もっともっと熱いものが欲しい、と。

「百文字以内で言え」

年下の亭主の意趣返しに氷川はうるうるに潤んだ目で怒鳴った。……いや、怒鳴ったつもりが甘く拗ねただけになった。

「……馬鹿《ばか》っ」

「五文字以上で言え」

この子は本当に僕の清和くん？

いつもの清和くんじゃない。清和くんがおかしい。

僕もおかしい、と氷川は全身を駆け巡る狂おしい悦楽に正気を失いそうになる。秘部は清和の指に物足りなさを感じ、いやらしい開閉を繰り返した。身体は貪欲《どんよく》なまでに熱い清和自身を求めている。

「……も、もう……僕、おかしくなる……」

氷川が艶混じりの声で懇願すると、獰猛《どうもう》なオスの顔をした幼馴染みが言った。

「おかしくなれ」

「……諒兄ちゃんに向かってなんてことを言うのっ」

「もうガキじゃねぇ」

体内から尊大な支配者に成長した幼馴染みの指が出ていく。秘穴が寂しさに疼《うず》いたが、すぐに熱く滾《たぎ》った分身が当てられた。

「……あっ……」

十歳年下の可愛い幼馴染みはもう子供ではなく、誰よりも雄々しい男に成長していた。

甘い拷問にも似た夜の幕は上がったばかりだ。氷川はオスの顔をした年下の亭主に悶《もだ》えさせられた。

えただろう。
どれくらいの間、ふたつの身体がひとつになっていただろう。何度、ふたりは頂点を迎

お互いにお互いしか見えない至福の時間だった。

それ故、ひとりがふたりになった時、どちらも寂しかった。ふたつの身体がまるでひとつであるかのように密着させていたのだが。

氷川の理性が戻れば、あれこれ一気に込み上げてくる。浅ましい自分を引きだしたのは誰だ、と。浅ましい言葉を引きだしたのは誰だ、と。

「……せ、清和くん……よくも……よくも諒兄ちゃんに……」

氷川は切なく求めた男の腕枕《うでまくら》で首まで真っ赤になった顔を手で覆った。羞恥心《しゅうちしん》でどうにかなりそうだ。

「…………」

「諒兄ちゃんになんてことを言うの」

氷川は左手で自分の目を押さえたまま、十歳年下の幼馴染みの胸を叩いた。昔と違って鋼《はがね》のように硬くて厚い。

「…………」

「諒兄ちゃんになんてことをするの」

あんなにいやらしいことをしちゃいけません、と氷川は喘《あえ》ぎすぎて嗄《か》れた声で言った。もちろん、行為前の自分の言動は忘れている。愛しい男にどんな非難の目を向けられても気づかない。

「…………」

「諒兄ちゃんは清和くんをそんな子に育てた覚えはありませんっ」

「…………」

育てられていない、と清和の鋭い双眸が声高に異議を唱えている。腕枕をした体勢でじっと天蓋を見つめていた。

「清和くん、いい子だからわかってね」

「…………」

「諒兄ちゃんは諒兄ちゃんじゃなくなるから困るんだ」

「…………」

「清和くん、僕の話を聞いている？　眠いの？　おねんねする？」

ひとしきり文句を言った後、氷川はシャワーで情交の跡を流した。それから、愛しい男の腕枕で眠った。

3

翌朝、氷川《ひかわ》が目覚めれば枕《まくら》は愛《いと》しい男の腕だった。

「僕の清和《せいわ》くん、おはよう」

チュッ、と氷川は愛しい男の額に朝の挨拶《あいさつ》をする。

「……ああ」

「本当に大きくなったね」

「……ああ」

「大きくなってもいい子でいてね」

「…………」

もう少し、ふたりで微睡《まどろ》んでいたいが、仕事があるからそういうわけにはいかない。氷川は下肢に力を入れ、天蓋《てんがい》付きの寝台から下りた。

チェストや柱時計、飾り棚など、優美なアンティーク家具で揃《そろ》えられているが、リネン類はバナナ柄と狸《たぬき》柄の二択だ。スリッパも足下のマットもバナナか狸だ。箪笥《たんす》の中、出勤用のスーツやシャツまでバナナと狸がプリントされていたらアウトだ。

「……セーフ」

さすがに出勤用の衣類にバナナと狸は見当たらない。必要なものはすべて新品で揃えられていた。

ただ、エプロンは狸柄だ。

「朝食、どうしよう」

ある程度覚悟していたが、キッチンは台湾バナナシリーズが席巻《せっけん》していた。パントリーもバナナ製品がぎっしり詰まっている。香港《ホンコン》にいる祐《たすく》の指示だと、確かめるまでもない。

「清和くん、いつまでバナナ攻めは続くの？」

魔女の怒りの根深さに、氷川は清楚《せいそ》な美貌《びぼう》を曇らせた。作業台に高性能のミキサーとともに置かれているバナナ風味のスパイスも目に痛い。

「…………」

清和は逃げるように視線をコンロの白い鍋《なべ》に向けた。……が、著名なメーカーの白い鍋は狸柄だ。食器棚に収められている白い陶器にも、それぞれ狸の夫婦が描かれている。十中八九、特別注文の狸シリーズだ。

「狸攻めは害がないけど、バナナ尽くしは……まさか、冷蔵庫の中までバナナ祭りじゃないよね？」

皿や茶碗《ちゃわん》に狸の夫婦が描かれていてもどうってことはないが、食材や調味料がバナナオンリーだと参る。正直、一生、バナナは食べたくない気分だ。

「…………」

誰が原因だ、と清和が目で詰《なじ》っているような気がしないでもない。

だからこそ、氷川は全力で無視し、冷蔵庫を開けた。南無三、と。たとえ冷凍室も野菜室もバナナでぎっしりでも驚かない、と。

「……ど、どうしよう……」

ひんやりとした冷蔵庫内を確認し、氷川の背筋も冷たくなった。予想していた黄色一色ではないのだが。

「どうした？」

「牡蠣《かき》がたくさん入っている」

冷蔵庫で存在を主張している食材は牡蠣だった。いやが上にも、先日の貝毒騒動が氷川の脳裏にまざまざと蘇《よみがえ》る。ホストクラブ・ダイヤドリームのイケメンホストたちがトイレを取り合う姿は悲惨だった。

「牡蠣？」

意表を突かれたらしく、清和の雄々しい眉《まゆ》が顰《ひそ》められた。不夜城の帝王にしろ、先日の貝毒パニックは知っている。

「それも生食用の牡蠣がいっぱい……あ、ホタテやハマグリやマテ貝やホンビノス貝も……バナナ尽くしじゃなくて貝尽くしだ……」

……あ、あの貝と一緒、あの時の貝と同じ種類の貝ばかり、と氷川の眼底にホストクラブ・ダイヤドリームのテーブルに並べられた貝のアヒージョが再現される。

「…………」

「ホストクラブ・ダイヤドリームのホストたちは貝毒にやられて大変だったんだ」

先日、氷川は裕也《ゆうや》の保育園仲間の保護者が経営するホストクラブで、貝のアヒージョをご馳走《ちそう》になった。氷川は口に入れた途端、吐きだし、食べなかったから助かった。貝毒で全滅したホストたちの代わりとして、急遽《きゅうきょ》、強引に氷川はダイヤドリームの新人に仕立て上げられたのだ。生まれて初めて、女性客のためにシャンペンコールをした。

「知っている」

想定外は重なる時には重なるのか、急病人によりホストクラブから闇《やみ》医者に流れ、氷川は問答無用の理不尽な力業で院長を押しつけられた。

「貝は食べない、って浩太郎《こうたろう》くんは熱海《あたみ》の海に誓ったんだって」

今年の貝毒の猛威か、はたまた魔女の猛威か、毎日サービスの香取《かとり》浩太郎も貝毒にやられ、運ばれてきたのだ。氷川自身、のたうち回る患者を目《ま》の当たりにし、改めて貝毒の威力を知った。不幸中の幸い、全員、麻痺《まひ》性貝毒ではなく下痢性貝毒だったから命に別状はなかった。

「…………」

「貝毒は魔女の呪《のろ》いだってもっぱらの噂《うわさ》だよ」

祐くんならできるかもしれない、と氷川は医師でありながら非科学的な呪い説が捨てきれなかった。

「………………」

いくら祐でもそれはありえない……と言えないか、あの祐ならありえるのか、と清和の心の中も揺れているようだ。

「冷蔵庫に貝しかない。どうする？」

ゴソゴソと冷蔵庫を探ったが、食材は貝しか見当たらない。冷凍庫も冷凍の貝ばかりだが、辛《かろ》うじて野菜室には有機野菜があった。さしあたって、酵素たっぷりの野菜スムージーは作ることができる。

「………………」

「貝毒は火を通しても変わらないよ。貝を食べる？」

「………………」

「いくら祐くんでも僕と清和くんを貝毒で苦しめようとは思わないよね？」

「………………」

「ひょっとして、僕に貝毒ダイエットをしろって言っているのかな？」

氷川は今までダイエットと無縁の人生を歩んできた。そんなことはないと思いつつも、魔女と畏怖《いふ》される策士だけに口から出る。

「違うだろう」

清和が吐き捨てるように言ったが、氷川の思考回路はぐるぐると回っている。なんといっても、冷蔵庫に用意された貝は高品質のものばかりで、美味《おい》しそうに見えるのだ。まずもって、慎《つつ》ましく生きてきた氷川には手が出ない価格だろう。

「……まさか、まさかとは思うけど、僕を仕事に行かせないための貝毒？　僕を籠《かご》の鳥にするための貝毒尽くし？」

「違うはずだ」

「本当に？　本当に違う？　……じゃあ、この牡蠣でスープを作っても大丈夫？」

よくよく見れば、冷蔵庫にバナナ豆乳とバナナ牛乳があった。バナナ豆乳か、バナナ牛乳、どちらかバナナ味がきつくないほうを使って、スパイスを効かせたら、牡蠣とホウレン草のスープができる。

「よせ」

「ほら、やっぱり、危険な貝なんだ」

「毒物は混入されていないだろう」

ヒ素や青酸カリは盛られていない、と清和の目は雄弁に語っている。確かに、いくら魔女でもそんな暴挙には出ないだろう。せいぜい、仕込むとしたら睡眠薬だ。

「……うん、だから、魔女でも毒物は混入していないと思うけど、貝自体が毒物の可能性がある。この貝の安全性は保証されているの？」

「…………」

「こんなにいい貝がたくさんあったら、贅沢《ぜいたく》なクラムチャウダーができる。ブイヤベースもできる。僕は好きだけど高いから我慢しているメニューだ」

「好きならいくらでも食わせてやる」

俺のカードを使え、と清和は前々から氷川にステイタスの高いカードを渡していた。年下の亭主は恋女房に贅沢させたくてたまらない。

ただ、肝心の氷川にそんな気はない。

「……うん、今はそういう話じゃないの。冷蔵庫の貝について」

「捨てたらどうだ」

「もったいない」

「食うのか？」

「食べても大丈夫かな？」

話がスタート地点に戻ったような気がした。貝毒である可能性は否定できない。けれど、魔女がそこまでするだろうか。しかし、魔女が魔女だけにわからない。だが、貝毒だと無視するには品質がよすぎる。それにほかにメインになりそうな食材がない。氷川はかつてないジレンマに陥った。

「悩むな」

「……うう……とりあえず、野菜でスムージーを作る」

氷川は野菜室から何種類もの有機野菜を取りだし、よく洗ってからスムージーを作った。清和は食器棚の前でスマートフォンを操作している。

「……せめて卵があれば……コッペパンも食パンもバゲットもベーグルもクロワッサンもバナナ風味……せめてバナナ味のしないパンがあれば……どうして玄米も白米もない……パスタやうどんまでバナナ風味なんて……」

氷川は魔女の底意地の悪さを嚙《か》み締《し》めつつ、二種類の野菜スムージーを作った。グラスに注ぎ、年代物のダイニングテーブルに置く。

「清和くん、いったい何をしているの？　まずスムージーを飲んで。今日は赤いスムージーと緑色のスムージーだ」

氷川の言う通り、年下の亭主は素直に椅子《いす》に腰を下ろしてスムージーを飲んだ。肉食嗜《し》好《こう》の若い男の口には合わないだろうが残したりはしない。顔色ひとつ変えないが、ニンジンやトマトなどの赤色の野菜で作ったスムージーは生姜《しょうが》を効かせすぎた。

「清和くん、ごめんね。赤のスムージーは生姜を入れすぎた」

「……いや」

「……あ、緑のスムージーは小松菜とルッコラが多すぎた。苦いね。ごめん」

「……いや」

「口直しにバナナのパンを食べる？　どれもこれもバナナばかりだけど？」

パン籠にはメロンパンがあるものの、スライスされたバナナとバナナクリームが挟まれていた。カイザーゼンメルやプンパニッケルにも、バナナとクリームが挟まれているから徹底している。

「……いや」

「あとでこっそり松阪牛《まつさかうし》のサーロインステーキを食べるからいらないの？　僕は綾小路《あやのこうじ》病院で清和くんのお肉仲間から話を聞いたよ」

不夜城の闇医者のところに聞き捨てならない言葉を口にする患者がいた。信憑《しんぴょう》性は定かではないが、すべてがすべて真っ赤な嘘《うそ》だとは思えなかったのだ。愛しい男がステーキと焼き肉を隠れてはしごしていることは前々から予想していた。

「…………」

「清和くん、サーロインステーキや焼き肉のはしごをするぐらいなら貝を食べよう。貝のスープと貝のバター焼きだ」

「…………」

「ちょっと待っていてね」

氷川は立ち上がると冷蔵庫から貝を取りだした。目で見る限り、不審なところはない。

「いくら魔女でも僕と清和くんを貝毒地獄に突き落とさない」

氷川は自分で自分に言い聞かせるように、手早く貝のスープと貝のバター焼きを貝のサラダとともに作った。

テーブルに貝料理を三種、並べる。

「清和くん、召し上がれ」

氷川がにっこり微笑《ほほえ》むと、清和の全身からなんとも形容しがたい悲愴《ひそう》感が漲《みなぎ》る。表情は普段となんら変わらないのに。

「…………」

「清和くん？　お腹《なか》が空いていないの？」

「…………」

「今日も僕に隠れてステーキと焼き肉？」

「……いや」

「それとも、涼子《りょうこ》さんの手料理を食べるの？」

氷川は楚々《そそ》とした美貌を根性で輝かせて優しい声音で聞いた。眞鍋《まなべ》第三ビルの最上階に居座る美女を忘れたりはしない。

「違う」

「そういえば、昨日、リキくんがいなかったね？　リキくんはいつでも清和くんのそばにいるよね？」

眞鍋組の極道方面の大黒柱である橘高《きったか》と舎弟頭の安部《あべ》のように、組長の昇り龍《のぼりりゅう》には常に虎《とら》が影のように控えていた。

「…………」

「昨日はどうしてリキくんがいなかったの？」

氷川の質問から逃げるように、清和はスプーンに手を伸ばした。そうして、貝のスープを口にしようとした。

その瞬間、突然、エレベーターのドアが開いた。

シュッ。

清和目がけて狸のぬいぐるみが飛んできた。

けれど、不夜城の帝王は難なく狸のぬいぐるみを避《よ》ける。ボスンッ、と狸のぬいぐるみは壁に当たってから床に落ちた。

「食うなーっ」

エレベーターから傷だらけのショウが血相を変えて飛びだしてきた。宇治《うじ》や吾郎《ごろう》、卓《すぐる》といった若手構成員たちも続く。

「二代目、早まるなーっ」

「二代目、血迷ったかっ、姐《あね》さんの色香にやられるのは布団の中だけにしてくださいーっ」

「二代目、ショウでも魔女が用意した貝のアヒージョは食いませんでした。食えなかったんです。いくらでも理由はつけられますから食わないでくださいーっ」

誰が何を言っているのか、いちいち確かめる必要はない。眞鍋の昇り龍に命を捧《ささ》げた舎弟たちの気持ちは痛いぐらいわかった。

「ショウくん、やっぱり貝毒がひどいんだね？」

氷川が真剣な顔で尋ねると、ショウは激戦地の戦士の形相で凄《すご》んだ。

「姐さん、魔女が用意したヤツはなんでも毒になるっス」

どりゃーっ、とショウは雄叫《おたけ》びを上げながら、テーブル上の貝料理をシンクに投げた。

ガシャーン。

耳障りな破壊音が響き渡った。

「ショウくん、乱暴な……」

氷川の言葉を遮るようにショウは叫んだ。

「姐さん、落ちても三秒以内なら食っても平気なんスよ？　その三秒ルールを怒ったのは誰っスか？」

ビシッ、とショウに糾弾されるように人差し指で差され、氷川は瞬きを繰り返した。

「三秒ルール？　……そりゃ、落ちたものは食べてはいけません。衛生上、問題がある」

「魔女の貝なんて、衛生上の問題どころじゃねぇっス」

「祐くんはわざと毒性の強い貝を用意したの？」

「魔女は安全なヤツだと言いやがった。出入りの業者も安全だって言いやがった……けど、魔女だからヤバい。太夢《たいむ》も浩太郎も明智小太郎《あけちこたろう》も貝毒パニックの原因は魔女の呪いだと言いやがった」

　ショウが左右の腕を振り回しながら喚《わめ》くと、同意するように宇治や吾郎、卓は暗い顔で相槌《あいづち》を打った。全員、魔女に対する恐怖が凄《すさ》まじい。

「太夢くんと浩太郎くんは知っているけれど明智小太郎？　誰？」

　氷川の記憶が正しければ初めて聞く名前だ。

「眞鍋のシマの探偵っス」

「探偵？　探偵さん？」

「怪人八十面相と戦っている探偵だって言っているっス。魔女が怪人八十面相の正体だって騒ぎやがった」

　ショウに冗談を言っている気配はない。実際、不夜城に怪人八十面相と死闘を繰り広げている探偵がいるのだろう。……否、言い張っている探偵がいるのだろう。

「僕、学生時代にシャーロック・ホームズは読破した。明智小五郎《こごろう》も読破したけれど、祐くんが怪人二十面相じゃない、その怪人八十面相だとは思えない……え？　怪人八十面相なんているの？」

氷川が惚《ほう》けた顔で尋ねると、ショウはテーブルのバナナサンドに手を伸ばして言った。

「姐さん、二十の顔を持つ怪人がいても八十の顔を持つ怪人がいても魔女の呪いには勝てない。よく覚えておいてくれっス」

「何がなんだかまったくわからないけれど……じゃあ、そのショウくんの傷も魔女の呪いなの？　ちゃんと手当てはした？」

ショウ本人はいたって元気だが、顔は言わずもがなシャツから見える腕、鎖骨など、殴打の痕《あと》が凄まじい。まさしく、魔女の呪いに苦しめられた痕だ。

「……これは魔女じゃなくて爬虫類《はちゅうるい》っス」

「……京介《きょうすけ》くん？　まだ京介くんを怒らせたままなの？　原因は海老《えび》シュウマイだったよね？」

氷川は呆気《あっけ》に取られたが、ショウは鼻を鳴らしてふんぞり返った。

「あいつ、生理だ」

「またショウくんが怒らせるようなことをしたんでしょう。いったい何を食べたの？」

氷川は昨夜、海老シュウマイの件を聞いたばかりだ。

「たるとたんたん」

一瞬、理解できず、氷川は怪訝《けげん》な顔で聞き返した。

「たるとたんたん？　湯河原《ゆがわら》のたんたんたぬきの担々《たんたん》やきそばじゃなくて？」

たんたん、と聞けば湯河原名物の枕詞《まくらことば》が氷川の脳裏を過《よぎ》る。だが、ショウは傷跡が目立つ首を振った。

「たぬきのたんたんじゃなくて、甘いケーキのたんたんっス」

「看護師さんたちから今、進化形スイーツがたくさんあるって聞いた。それかな？」

院内の食堂にしろ医局にしろ休憩室にしろ外来の診察室にしろ、女性スタッフがスイーツを用意してくれることが珍しくない。スクエア形のケーキだと思ったらシュークリームだったり、目玉焼きだと思ったらプリンだったり、鯛《たい》焼きだと思ったらワッフルの鯛焼きだったり、氷川が知るスイーツの常識を覆すスイーツが回ってくるようになった。

「昨日の夜、帰ったら、テーブルにたるとたんたんがあった。食ったら、京介が怒った」

「海老シュウマイの次はたるとたんたん？　どうして同じ間違いを繰り返すの？」

「今朝、かりんとう饅頭《まんじゅう》」

海老シュウマイとたるとたんたんで終わらなかった。今朝、また性懲りもなくやったというのか。

開いた口が塞《ふさ》がらないと書いてショウと読む。そんな気分だ。

「……かりんとう饅頭？　外来内科の看護師に今、一番人気のかりんとう饅頭？　京介くんが自分で食べるために買ったのに、ショウくんがひとつも残さずに食べたの？」

「もらったヤツ」

「京介くんがお客さんからもらったの？　それをまたひとりで食べちゃったんだね？」

「うんこにして返してやる、って言ったら火を噴いた」

眞鍋組の幹部候補は子供か。ショウは悪びれなく明かしたが、氷川はその耳を引っ張りたくなった。

「当たり前っ」

「あいつ、絶対に生理だったんだ。男だけど絶対に生理だ」

「ショウくんが全面的に悪い……このバナナを持ってお詫《わ》びに行きなさい。こっちのバナナチョコやバナナケーキやバナナパンも」

氷川はフルーツスタンドにあった台湾バナナを手にしながら、パン籠や三段のケーキ皿に盛られているバナナ尽くしに視線を止めた。バナナ商品を破棄せず、京介の機嫌が治るなら最高だ。

「もうあんな爬虫類野郎は知らねぇっス」

「ショウくん、冗談でもそんなことは言っちゃ駄目だ」

京介を怒らせたら生活していけないのはショウである。まったくもって、自分の立場を把握していない。

京介にしても心を許せるのはショウだけだと聞いたけれども。

「魔女の貝でメシを作る姐さんに言われたくないっス」

「ショウくんのくせに」

「姐さんのくせに」

日本人形と傷だらけの特攻隊長が睨《にら》み合《あ》うと、卓が躊躇《ためら》いがちに口を挟んだ。

「姐さん、退職を決心されたんですか？」

「卓くん、僕は何があっても仕事は辞めない」

氷川が意志の強い目で宣言すると、卓は時間を確かめさせるように自分の腕時計を指で差した。

「今日はお仕事ですよね？」

「……あ、時間だ。清和くんの朝ご飯がまだなのに」

「姐さん、二代目の朝食は俺たちで用意します」

「涼子さんに頼んだら許さないから」

氷川が狸柄のエプロンを外しながら言うと、卓は大きく頷《うなず》いた。

「わかっています。眞鍋のシマにあるカフェでチョップドサラダの朝食を摂《と》っていただきますから安心してください。トッピングは魚や豆腐にします」

頭脳派幹部候補は氷川が納得するセリフを口にする。

氷川は慌てて身なりを整えると、置物のように椅子に座ったままの清和に挨拶をした。

「じゃ、清和くん、行ってくる。いい子にしていてね」

ポンポン、と氷川が頭を優しく撫《な》でると、その場にいた眞鍋組の男たちの顔が歪《ゆが》んだ。

「姐さん、新婚です。新婚なんですからキスぐらいしてあげてください」

卓にそっと耳打ちされ、氷川は鞄《かばん》を持ったまま清和を覗《のぞ》き込《こ》んだ。

苦虫を噛《か》み潰《つぶ》したような顔に男としてのプライドと年下としての諦《あきら》めが、微妙な配合で混在している。

「清和くん？」

「…………」

「可愛《かわい》いね」

ふふっ、と氷川はにっこり笑うと、清和の削《そ》げた頬《ほお》にキスをした。軽く触れただけでも、顰《しか》めっ面《つら》が消える。

泣く子も黙る眞鍋の昇り龍は意外なくらい単純だ。

「清和くん、行ってくるから」

氷川は聖母マリアのように微笑むと、卓や宇治とともにエレベーターに乗り込んだ。本日の送迎係は傷だらけのショウではなく卓と宇治だ。

「ショウくん、ちゃんと病院に行くんだよ」

氷川は医者の顔で注意したが、ショウは返事をしなかった。たいしたことがないと思っているのだろう。

何事もなく勤務先に到着し、氷川は白衣に身を包んだ。いつもと同じように、病棟を回ってから目まぐるしい午前の外来診察をこなす。医局で遅い昼食を摂った後、内科部長と入院している担当患者について話し合う。病棟の看護師長に呼びだされ、ナースステーションに行った後だった。異変があったのは。

いきなり、目の前に仁王立ちの凜々《りり》しい青年が現れた。その手には一輪の真紅の薔薇《ばら》が握られている。

「氷川諒一《りょういち》先生？」

凜々しい青年に声をかけられ、氷川は冷静を胸に応対した。

「はい、内科医の氷川諒一です」

……あれ、この男性は、と氷川は凜々しい男性をまじまじと見つめた。初めてではなく会ったことがある。ただ、会った時、この姿ではなかった。声音や口調も違った。諜報《ちょうほう》部隊を率いるサメの変装ではないし、イワシやシマアジなどの諜報部隊のメンバーでもないし、一流の情報屋でもない。

「俺のすべてをお前に譲る時が来た」

凛々しい青年に化粧をさせ、ツインテールのウィッグを被《かぶ》せ、メイドの衣装を着せたら、氷川が知っている人物になる。不夜城のメイドさんこと、闇医者の綾小路だ。

「……綾小路先生ですよね？」

氷川が周囲に注意を払いながら尋ねると、凛々しい青年は不敵に笑った。

「素顔でも俺が綾小路だとわかるとはさすがだぜ」

ＴＰＯを考慮しているのか、眞鍋組が牛耳る街ではメイド姿で女言葉だったが、今は清々《すがすが》しい体育会系青年だ。窓の向こう側に広がる真っ青な空や白い雲が似合った。

「こんなところで何をしているんですか？」

時間帯もあったのかもしれないが、綾小路病院にはひっきりなしに患者が駆け込んでいた。院長にのんびりしている暇はないはずだ。

「俺のすべてをお前に譲りに来た。今日からお前が院長だ」

スッ、と綾小路に一輪の薔薇を差しだされる。

氷川は危険な匂《にお》いがする薔薇を受け取ったりはしない。おそらく、一輪の薔薇が示しているものは不夜城の病院だ。

「綾小路先生、お戻りになられたのですね」

綾小路はこともあろうに氷川に院長を押しつけ、病院から逃げだしてしまった。綾小路病院の名称が氷川病院になって、連絡を受けた眞鍋組総本部の面々が卒倒したらしい。もちろん、氷川が一番戸惑った。

「宇治や吾郎に捕まったんだ。ショウが発狂しやがってウザかったぜ。卓なんて俺に手錠をはめやがった」

どうやら、規格外の綾小路も眞鍋組の追跡には歯が立たなかったようだ。

「卓くんが手錠？」

「卓のヤツ、魔女の手下だけはあるぜ。魔女と互角に張り合う鬼ババアなら安心して俺の後を任せられる。頼んだぜ」

綾小路は氷川の白衣のポケットに一輪の薔薇をねじ込んだ。……否、その寸前、氷川は後方に飛ぶ。

「綾小路先生、メイド姿とメイド口調よりそちらのほうがお似合いです」

筋肉質の長身にグッチのスーツが映える。綾小路のコスプレ姿はお世辞にも似合うとは言えなかった。

「うるせぇ。ちょっと綺麗《きれい》だからって自惚《うぬぼ》れるな。男前な自分が辛《つら》い」

綾小路は憎々しげに言ってから、氷川をこれ以上ないというくらい真剣に見据えた。ヤクザ並みの迫力が漲っている。

「……で、俺はこれから本格的なメイド修業に入る。後は任せた。院長はお前だ」

「お断りします」

氷川が意志の強い目で拒絶すると、綾小路は忌々《いまいま》しそうにふんっ、と鼻を鳴らした。

「患者の大半は魔女の呪い患者と核弾頭の呪い患者だ。核弾頭ババアが院長になって当然だぜ」

たとえ事実であれ、氷川は怯《ひる》んだりはしない。長い廊下の向こう側から近づいてくる補助看護師を意識しながら答えた。

「僕は清水谷《しみずたに》の医局から明和《めいわ》病院に派遣されている内科医です。医局を離れるつもりはありません」

「医局？　さっさと離れろ」

綾小路が医局制度を嫌っていることは確かめなくてもわかる。氷川も思うことはたくさんあるが、表立って批判するつもりは毛頭ない。現在、医局に守られている立場でもあるからなおさらだ。

「患者さんが待っているはずです。もうお帰りください」

綾小路病院には今も貝毒の患者が駆け込んでいるかもしれない。メイド姿の男性看護師だけでは対処できないだろう。

「お前だってもう用済みの姐さんだ。やっぱり男はち○こがあると駄目だな」

綾小路に切々とした調子で言われたが、氷川は理解できなかった。用済みとはどういうことだ、と。

「……用済み？」

綾小路はその時を思いだしているのか、雄々しく整った顔が派手に歪んだ。

「俺が卓に手錠をはめられて戻った日のことだ……あ〜ムカつくったらありゃしねぇ。あの時、二代目が支倉《はせくら》組の組長の娘といちゃついていたぜ」

氷川の脳裏に二代目姐候補に執着している涼子が浮かぶ。支倉組といえば橘高の兄貴分が金看板を背負っている暴力団だ。

「……え？　支倉組の組長の娘？　涼子さん？」

氷川は氷水を浴びせられたような気がした。

「二代目は核弾頭と結婚式を挙げても、涼子と眞鍋第三ビルのプライベートフロアで夫婦生活を送っているんだ。そういうことさ」

あの日、あの時、教会で永遠の愛を誓った。けれど、涼子は依然として眞鍋第三ビルの最上階で暮らしている。

「……そういうこと？」

どういうことだ、と氷川の脳は自分で考えることを拒否した。

「世間的には涼子を姐にするんだろう。二代目と涼子の護衛をリキがしていたぜ」

瞬時に氷川の視界は真っ黒になり、心も闇色に染まった。足下が音を立てて崩れていく。

それでも、意識はしっかりしていた。眞鍋の虎と呼ばれるリキがふたりを護衛していたのならば意味がある。

「……リキくんが護衛？　あのふたりをリキくんが？」

「どんなに金を積んでも俺の身長が縮まないように、お前と二代目は夫婦として入籍できない。ここは諦めて日陰の女に徹するしかねぇだろ」

日陰を示すつもりなのか、綾小路に促されて鉢植えの観葉植物の陰に入る。氷川は確認するように低く絞った声で聞いた。

「日陰の女が闇医者ですか？」

「そうだ。わかっているじゃねぇか」

「お断りします」

「核弾頭ウィルスを撒《ま》き散《ち》らしているのはお前だぜ。お前に断る資格はない」

「僕はウィルスではありません」

氷川が綺麗な目を吊《つ》り上《あ》げると、綾小路は威嚇するように指を鳴らした。バキバキバキッ、と。

「俺が優しく言っているうちにさっさと引き受けろ。ここで暴れてやってもいいんだぜ？　ここで俺が暴れたらお前はいやでも退職だ」

メイドよりプロレスラーか格闘家が似合う、と氷川は呆《あき》れたが口には出さない。近づいてきた補助看護師にサラリと声をかけた。

「サメくん、綾小路先生をお仕事場に連れていってさしあげてください」

ポンッ、と氷川は澄まし顔の補助看護師の肩を優しく叩《たた》いた。どこからどう見ても、中年女性の補助看護師だが、神出鬼没のサメにほかならない。

「氷川先生、どうされました？」

「サメくん、惚《とぼ》けても無駄だ」

氷川は苦笑を漏らしつつ、補助看護師に扮《ふん》したサメを覗き込んだ。当然、周囲の目を考慮し、あくまで内科医としての節度は保つ。

「……アタシ、メイクに七時間もかけましたのよ。どうしておわかりになるの？」

サメはとうとう観念したらしく、悔しそうに指でこめかみを揉《も》んだ。綾小路は地球外生物を見るような目で、まじまじとサメを見つめる。何せ、サメの首や手も中年女性そのものだから。

「サメくんにはメイクに七時間もかけている暇はないはずだ」

氷川があっけらかんと指摘すると、サメはどこぞの主婦のように手を振った。

「あら、やだ。言うようになったわ……いえ、前々から言う奥さんだったわね」

「なんでもいいから、綾小路先生を摘まみ出して……じゃなくて連れていって」

氷川は傍らに立つ凜々しい青年医師を横目で眺めた。

「姐さんも動揺しているのね」

綾小路にせせら笑われ、氷川は『冷静』という文字を心の中で書いてから言い返した。

「清和くんが涼子さんといちゃついていても、僕は動揺したりしませんっ」

「動揺しているじゃない。アタシの目から見ても、あのふたりはお似合いなのよ。リキも文句言わずにガードするぐらい」

サメから明かされたふたりの様子に、氷川の魂がキリキリと軋《きし》んだ。職場でなければ、この足で眞鍋第三ビルに乗り込んでいたかもしれない。

「……そうだね。昨日、リキくんは清和くんのガードについていなかったよね？　けど、僕のそばにいたのは本物の清和くんだったね？　清和くんが涼子さんといちゃついていたのは一昨日とか？　もっと前とか？　もっともっと前なのかな？　僕が和歌山の山奥の病院で働いていた頃？　清和くんが京介くんにシャンペン・タワーを入れた頃？　清和くんやリキくんやショウくんや京介くんたちと温泉に行った頃？　ショウくんがあげパンを全部食べて京介くんを怒らせた頃？　……っ……」

氷川は感情の赴くままに捲《まく》し立《た》てたが、苦しくなって咳《せ》き込《こ》んでしまう。サメに背中を優しく摩《さす》られた。

「落ち着いてよ。息継ぎを忘れちゃ駄目」

「……えっと……」

氷川は脳内にカレンダーを浮かべたが、涼子の肩を抱く清和がちらつき、冷静に思いだすことができない。記憶がだいぶ前まで遡《さかのぼ》ってしまう。

そんな心の内を気づいているのか、気づいていないのか、サメは昨日について忌々しそうに言及した。

「アタシ、昨日はソーセージとハンバーグの販売ルート撲滅に忙しかったから知らないわ」

「ソーセージとハンバーグの販売ルートの撲滅？『お母さんの台所』シリーズの販売ルートを潰したの？」

「……ったく、奥さん、次から次へと仕事を増やしてくれるわね」

「どうして眞鍋のためのプロジェクトを潰すの？」

氷川が楚々とした美貌を歪めて非難すると、サメは左右の腕と腰を妙なリズムでくねくねさせた。

「そんなの、眞鍋のクソガキの命令よ。わかっているでしょう」

「清和くんが反対しているの？」

「決まっているでしょう。クソガキはプロジェクトの協力者を熱海の置屋に沈めそうな勢いよ。困ったわ」

サメの口から嫌みっぽく飛びだした熱海の置屋という言葉がやけにシュールだ。苛立《いらだ》っていることは間違いない。

「眞鍋のため、『お母さんの台所』プロジェクトの邪魔はさせない」

「眞鍋のためを思うなら、姐さんはおとなしく新妻に徹してほしいわ。闇医者稼業を引き継いだりしないでほしいの」

「僕だって闇病院の院長になるつもりはない……あ？　綾小路先生？」

いつの間にか、綾小路が目の前から消えていた。氷川がきょろきょろと周りを眺めると、サメがシニカルに口元を緩めた。

「窓の下よ」

サメの視線の先、窓の向こう側には緑に覆われた中庭を疾走する綾小路が見えた。その後を卓や吾郎が追いかけている。

「……え？　いつの間にあんなところに？」

氷川は驚愕《きょうがく》のあまり、素《す》っ頓狂《とんきょう》な声を上げた。

「実は綾小路センセイは諜報部隊にスカウトしたい人材なの」

「あの綾小路先生ではイワシくんやシマアジくんみたいに真面目《まじめ》に働いてくれないと思う」

「奥さんもそう思う？　困っちゃうわね。使えそうな人材は生意気で言うことを聞かないのよう」

サメは人手不足に悩む中小企業の女社長のような顔をしたが、氷川は誤魔化されたりはしない。

「……で、清和くんと涼子さんの件、どういうこと？」

氷川が話題を強引に戻した時、サメの姿はなかった。まさしく、諜報部隊のトップは風のように消えていた。

「……あ、あれ？　サメくん？」

窓の外、中庭から綾小路と眞鍋組の若手構成員たちの姿も消えている。消毒液の匂いがする院内にはなんの形跡もない。

夢でも見たような気分だ。

「……夢だった？　僕の妄想とか？」

一瞬、氷川は自分を疑ってしまう。

けれど、すぐに自分を取り戻した。こういうことを平然とやってのけるのが眞鍋組だったのだ。まだまだ若くて侮られていた清和最大の躍進は諜報部隊の暗躍の結果だった。

とりあえず仕事だ、と氷川は白い廊下を歩きだす。院内に眞鍋組関係者が潜んでいるのは確かだが、もはや気にする必要はない。

4

氷川《ひかわ》は何事もなく仕事を終え、茜色《あかねいろ》に包まれた勤務先を後にした。昨日よりだいぶ早いから、スタッフ専用の駐車場に停《と》めている車は多いし、バス停ではスタッフがスマートフォンを眺めながらバスを待っている。

氷川は心地よい風を頰《ほお》に感じつつ、待ち合わせ場所に向かった。草木が生い茂る空き地には、すでに送迎用の黒塗りのベンツが待機している。

だが、頭を下げているのは卓《すぐる》でもなければ宇治《うじ》でもなく、傷だらけのショウでもない。カリスマホストとして何度もメディアに取り上げられている京介《きょうすけ》だ。

「……京介くん？」

氷川がロッカールームから連絡を入れたのは卓だった。京介が来るなど、一言も知らされてはいない。

「お疲れ様です」

京介が王子様スマイルを浮かべたら、鬱蒼《うっそう》と生い茂る草木に囲まれた空き地が華麗な社交場と化す。

「京介くんがどうして？」

「お迎えに上がりました」

京介はスマートな仕草で氷川のために後部座席のドアを開けた。いつでもどこでも、女性の夢を体現する王子そのものだ。

「もしかして、眞鍋《まなべ》組に何かあったの？　抗争？」

京介の予期せぬ出現により、氷川の背筋に冷たいものが走った。今まで幾度となく京介が送迎係になった過去があるが、眞鍋組になんらかの異変があった時ばかりだ。単なるショウ関係の時もあったけれども。

「開戦するかもしれません」

京介がなんでもないことのようにサラリと言った時、救急車のサイレンが響いてきた。それでも、氷川はちゃんと聞き取った。

「……え？　開戦するかもしれない？　それで清和《せいわ》くんに頼まれて京介くんが迎えにきてくれたの？　みんなは無事？」

氷川が早口で尋ねると、京介はどこか寂しそうに微笑《ほほえ》んだ。

「姐《あね》さん、戦争に反対ですか？」

「当たり前です」

「戦争に反対ならお乗りください」

京介に柔らかく促され、氷川は後部座席に乗り込んだ。眞鍋組構成員か、諜報《ちょうほう》部隊のメンバーか、運転席には初めて見る若い男がいた。

「君とは初めてだね？」

氷川が運転席の男に声をかけた時、茂みの中から血だらけの宇治が飛びだしてきた。

「……きょ、京介、姐さんをどこに連れていく気だーっ」

シュッ、と宇治が小刀を京介目がけて振り下ろす。

だが、京介は難なく避《よ》けた。

「宇治、俺に敵《かな》わないってわかっているだろう」

カッ。

京介はポーカーフェイスで宇治を蹴《け》り飛《と》ばす。

「……うっ……裏切ったのか……お前に限って……そんなことは……な……」

再び、宇治は茂みの中に埋もれた。

間髪入れず、大木の後ろから血塗《ちまみ》れの卓がジャックナイフを投げた。

シュッ。

京介の背中にナイフが刺さる。……否、その瞬間、京介はヒラリと身を躱《かわ》した。

「箱根のお坊ちゃま、無駄なことはするな」

京介は尊大な態度で、大木に寄りかかっている卓を見下ろした。頭脳派幹部候補は自身の足で立っていることもできないのだ。

「……っ……京介……あ、姐さんをどうする気だ？」

「シマの南半分を寒野《かんの》組に返せ、って二代目に伝えろ」

「……裏切ったのか？」

「お坊ちゃま、断っておくが俺は眞鍋の兵隊じゃない。忘れるな」

京介が所属しているホストクラブ・ジュリアスのオーナーは、橘高《きったか》に恩があるらしく眞鍋組に協力的だ。何より、京介とショウは確固たる絆《きずな》で結ばれている。今までオーナーともども京介は何かと眞鍋組を支えてきた。

「……カ、カタギの姐さんには……姐さんには手を出すな……」

「俺もカタギだ」

「……正気か？」

京介は卓の言葉を無視し、後部座席に乗り込んだ。すぐに運転手が発車させ、乱闘の場となった空き地を出る。

これらはあっという間の出来事で、氷川は声を上げる隙もなかった。もっと言えば、何が起こったのか把握できなかった。今まで京介には絶大な信頼を抱いていたからだ。

「……京介くん、これは夢だよね？」

氷川は人気ホストの綺麗《きれい》な横顔を眺めながら聞いた。夢だとしか思えなかった。夢だと思いたかったのだ。

「姐さんに手荒な真似《まね》はしたくない。おとなしくしていてください」

京介は何事もなかったかのようにサラリと言った。顔色も雰囲気も普段と変わらない。

「京介くんに変装した誰か？　……じゃないよね？　本物の京介くんだね？」

京介に変装したどこかの工作員かと思いたかったが違う。氷川は隣に座っている華やかな男が本物だと確認した。

「姐さん、そんなに俺を信じていたんですか？」

「うん」

氷川が力強く頷《うなず》くと、京介は照れくさそうに微笑んだ。

「ありがとうございます。俺はヤクザになる気はありませんが、ヤクザになるとしたら姐さんの舎弟になります」

京介は暴走族時代からショウとともに勇名を轟《とどろ》かせ、ホストになった今でも暴力団関係者からのスカウトが絶えない。清和のみならずリキなど、眞鍋組の幹部たちも京介が欲しくて躍起になっていた。

「どういうこと？」

慌てる必要はない。

何があったのかわからないけれど、京介くんなら絶対にひどいことはしない。

大丈夫、と氷川は心の中で自分に言い聞かせた。今までのあれこれを思い返せば、京介が無体なことをするはずがない。

「聞いての通りです。眞鍋組にシマの南半分を返却してもらいます」

言われた通りにしたら、眞鍋組の収入が激減するだけではない。暴力団としての存続自体、難しいのではないのだろうか。

「南半分、渡したら眞鍋組はどうなるかな？」

「維持するのは難しいでしょう」

眞鍋組の街の南には、ホストクラブ・ジュリアスのほかにも人気店が密集している。不景気にも拘《かか》わらず、数字を叩《たた》きだしている高級クラブやキャバクラもあった。

「僕もヤクザを廃業してほしい」

「知っています。協力してもらえますか？」

京介に探るような目で問われ、氷川は裏返った声で聞き返した。

「僕が人質？」

「優雅な一時をお約束します」

白馬に乗った王子様は肯定も否定もしなかった。

「僕が人質か……」

眞鍋組を解散させたいのは山々だが、自分が人質になるのは気が進まない。しかし、もうそんな悠長なことは言ってられないのだろうか。どんな手を使っても清和に足を洗わせるべきだろうか。氷川はかつてないジレンマに陥る。

「姐さんを抑えないと、二代目は話も聞こうとしない。このままでは総本部に散弾銃を持った寒野組の兵隊たちが殴り込みます」

「……寒野組？」

清和の訃報《ふほう》が流れた時、氷川が組長代理として眞鍋組の頂点に立った。それ故、眞鍋組が所有するデータにも目を通したが、寒野組という組織に覚えはない。ただ、眞鍋組が凄《せい》絶《ぜっ》な修羅を潜《くぐ》り抜《ぬ》けてきたことは知っている。

「戦後からずっと寒野愚連隊のシマだったけれど、寒野愚連隊八代目の時、眞鍋の初代組長が極道にあるまじき手を使ってシマを横取りしたと聞きました」

京介はいっさい感情を込めず、淡々とした口調で明かしたが、初代眞鍋組の組長は仁義を重んじる極道として一目置かれていた。だからこそ、橘高のような漢《おとこ》の中の漢が仕えたと氷川は聞いている。

「……え？　初代組長？　亡くなった眞鍋組の初代組長？」

眞鍋組の初代組長は言わずもがな清和の実父だ。正妻の姐に子供が産まれず、若い愛人に初めて子供が誕生したという。それが清和だ。若い愛人が己を弁《わきま》え、姐の座を狙《ねら》って暴れなければ、幼い清和は苦労しなくてもよかっただろう。

「俺も直《じか》に見たわけではないから知りませんが、眞鍋組の初代組長の指示により兵隊が寒野愚連隊のメシに毒物を混入して皆殺しにしたとか?」

初代組長が構成員に命じて、寒野愚連隊の食事に毒物を混入したというのか。皆殺しというが、大量殺人ではないのか。

組長室のPCにそのようなデータはインプットされていなかった。氷川は驚愕《きょうがく》のあまり息を呑《の》む。

「……っ……それは犯罪です」

「眞鍋組から逮捕者はひとりも出ていません」

「寒野組? その寒野愚連隊が寒野組? 皆殺しじゃなくて生き残っていた?」

「当時の寒野愚連隊の八代目の直系が寒野組の看板を掲げたばかりです。……あ、八代目と言っても初代は半年で殺され、二代目は十ヵ月で殺され、三代目は一年で殺されたとか? 全員、殺されたそうですが、代替わりが激しかったみたいです」

ざっと聞いただけでも寒野愚連隊の歴史は熾烈《しれつ》だ。八代目の時、眞鍋組初代組長が毒殺という手で仕掛けたというのか。眞鍋組の初代組長時代のシマは小さかったが、一番肝心なところは押さえていたと耳にした。仁義と義理が金で売買されるようになった時代、清和の代で著しく勢力を伸ばしたと聞いた記憶がある。ショウによるカーレースやバイクレースでシマを拡大したとも。

以前、桐嶋《きりしま》組の初代組長にデリバリーピザの配達地域の地図で、眞鍋組のシマについて説明してもらったことがあった。

「どこに寒野組はある？」

「寒野組総本部は眞鍋組のシマの南にあるビルです」

早くも寒野組は不夜城の南に金看板を掲げたというのか。それで血の雨は降らなかったのか。バズーカ砲を持ちだす清和を知っているだけに、氷川の背筋は凍りつく。

「……それ……そんなこと……清和くんは認めたの？」

「二代目が寒野組を認めるわけがないでしょう。だから、姐さんが拉致《らち》されたんですよ」

「……じゃあ、どうして京介くんが僕を拉致する？」

京介はヤクザ嫌いを公言し、本来ならば眞鍋組とも関わりたくないという。ショウが清和と盃《さかずき》を交わす時、さんざん反対したそうだ。それなのに何故《なぜ》、寒野組の関係者のような形で関わってくるのか、氷川は不可解でならなかった。

「寒野組の若頭がゾク時代の仲間です」

「……え？　京介くんの暴走族時代の仲間って言ったら、ショウくんや宇治くんの仲間でもあるでしょう」

ショウや京介、宇治は毘沙門天《びしゃもんてん》という暴走族で一時代を築いたという。折に触れ、伝説と化した毘沙門天の凄絶さは聞いている。

「はい。眞鍋にはショウや宇治の関係でゾク仲間が多いんですよ。ただ、吉平《きっぺい》は眞鍋の盃を拒みました」

大江《おおえ》吉平、と京介が紹介するように運転席でハンドルを握っている若い男を示した。

「ど〜も、吉平です。姐さん、よろしく」

吉平はハンドルを左に切りつつ、妙に間の抜けた声で挨拶《あいさつ》をした。車内には未《いま》だかつてない空気が流れる。

「吉平くん？　若頭？」

吉平は若頭というには若いし、軽薄なムードが漂っている。若頭時代の橘高やリキを知っているだけに、氷川はなんとも言いがたい違和感を抱いた。まったくもって、威厳の欠片《かけら》もない。

「うちはオヤジが若いんで若頭の俺も組員たちも若いんだよ。最長老でも姐さんより若いんだ」

「そうですか。うちの清和くんも若いですから」

「そだね〜っ。組長が眞鍋の平均年齢を下げているね〜っ」

吉平の口調に面食らうが、それについては何も言わない。氷川は確かめるように明確な声で尋ねた。

「僕を人質にして眞鍋組のシマの南半分を取るつもりですか？」

いつしか、氷川を乗せた車は眞鍋組が君臨する街に入っていた。禍々《まがまが》しいネオンの洪水

の中、着飾った夜の蝶《ちょう》や黒服の客引きが行き交う男女に声をかけている。普段となんら変わらない光景だ。

眞鍋組資本のキャバクラや風俗店の前では眞鍋組の構成員が立っていた。氷川が乗った車をチェックしていることは間違いない。

「姐さん、それ、うちのオヤジの前で言っちゃ駄目よん。二代目に不夜城一の美女を捨てさせた綺麗な顔がぐちゃぐちゃになるからね」

「吉平くんのお父様ならある程度の分別を重ねられた年代だと思いましたが、ずいぶん、直情型のお父様なのですね」

ランジェリーパブの前で看板を持っている黒服や、ヤキトリ屋の屋台でビールを飲んでいるサラリーマンは、サメが統率する諜報部隊のメンバーだ。後ろを走っている車に乗っているのは眞鍋組関係者に違いない。

僕が気づくぐらいだから気づいているよね、と氷川は隣の京介と運転席の吉平を意識しながら車窓の向こう側を眺めた。

「姐さん、まず綺麗な姐さんの頭の中を整理する。俺が言っているうちのオヤジは寒野組長のことだぜ」

「……あぁ、そういうことですか」

渡世上の親は組長のことだと、氷川はかつてインプットした極道情報を思いだした。眞鍋組において、父親は組長である清和だがあまりにも若すぎる。重鎮の橘高や安部《あべ》が『オヤジ』と若い構成員に呼ばれていた。

「姐さん、俺は実は子育て中で忙しいんだ。ここはひとつ、穏便にカタがつくようにしてくれよ〜っ」

おそらく、吉平の抗争反対の理由は育児ではないだろう。組織力の差か、資金力の差か、なんらかの仁義か義理が絡んでいるのか、眞鍋の昇《のぼ》り龍《りゅう》の苛烈《かれつ》さか、いずれかの理由で正面衝突を避けたいはずだ。

「清和くんが逆上したら手がつけられない」

「バズーカ砲には対処できる」

「バズーカ砲に対処できるの？」

氷川が驚愕で目を瞠《みは》ると、吉平はやけにしみじみとした声で言った。

「細菌攻撃はＮＧにしてほしいな」

自分でもわけがわからないが、吉平が口にした細菌が納豆菌に変化した。氷川の目の前に納豆を避ける眞鍋組の若手構成員が過《よぎ》る。確か、なんでも食べる桐嶋も納豆は好きではなかったはずだ。

「細菌攻撃？　納豆攻撃？」

「……へっ？　なんでここで納豆？」

吉平は素《す》っ頓狂《とんきょう》な声を上げつつ、赤信号にも拘わらず強引に渡った。先ほどから信号も制限速度も無視している。

「眞鍋組に納豆を嫌いな子が多いから」

「俺もオヤジも納豆は好きさ。納豆がけトンカツが大好物」

「納豆とトンカツ？　……水戸《みと》出身の医師が好きだって聞いた覚えがある」

「……俺も水戸出身……あ、到着。お疲れ様」

吉平が車を停めたガラス張りのビルに氷川は見覚えがあった。正確に言えば、焼き肉店が一階にある隣のビルを知っているのだ。

「……え？　このビル？　太夢《たいむ》くんのホストクラブの隣のビル？」

隣のビルの地下には裕也《ゆうや》の保育園仲間の父親が、代表を務めるホストクラブ・ダイヤドリームがある。つい先日、氷川は予期せぬハプニングで新人ホストデビューを果たしている。

「……ああ、姐さんは太夢を知っているんだよな。うちも本当はそっちのビルを買収したかったけどできなかった。オヤジは怒ったけど、俺が悪いんじゃない」

吉平が運転席から降りて、氷川のためにドアを開ける。

「姐さん、どうぞ」

パトカーのサイレンとともに女性の甲高い悲鳴が聞こえてきたが、行き交う人々は足を止めたりはしない。この界隈《かいわい》ではよくあることだ。

いかにもといった若いチンピラの集団が、寒野組総本部からゾロゾロと出てきた。グルリと氷川を乗せた車を囲む。吉平や京介から察するに寒野組の構成員たちだ。東南アジア系の若い構成員が目につく。

「ありがとう」

氷川が車から降りるや否や、地獄の釜《かま》が開き、亡者の声が響いてきた。

「京介、かりんとう饅頭《まんじゅう》ぐらいで拗《す》ねるなーっ」

ショウが隣のビルの三階から京介目がけて勢いよく降りた。京介を蹴り飛ばそうとしたが、返り討ちに遭う。

「……ぐはっ」

ショウは低い声を漏らし、焼き肉店の看板の前に転がった。

「ショウ、一度死ね」

再度、京介は氷のように冷たい目でショウを蹴り飛ばした。眞鍋の韋駄天《いだてん》とともに粉塵《ふんじん》が舞い上がる。

「……やっ、京介くん、やめてーっ」

氷川が声を上げた瞬間、一階の焼き肉店や地下のホストクラブ・ダイヤドリーム、ラーメン屋台など、付近の店から眞鍋組構成員たちが飛びだしてきた。

「京介、かりんとう饅頭だ。今朝、ショウに食べられたかりんとう饅頭より美味《うま》いはずだぜーっ」

吾郎《ごろう》が決死の形相でかりんとう饅頭の箱を京介に向かって差しだした。ショウと京介の後輩だという若い構成員の手にも、人気和菓子店のかりんとう饅頭の箱がある。

「京介、昨夜ショウに食べられたたるとたんたんが何かやっとわかった。怪人八十面相を逮捕した明智小太郎《あけちこたろう》探偵に調べてもらってやっと判明したよ。タルト・タタンだね。探偵推薦のこっちのタルト・タタンのほうが絶対に美味《おい》しい。これで許して」

信司《しんじ》もいつになく真剣な顔でケーキ箱を京介に手渡そうとした。けれども、肝心の京介は呆《あき》れ顔《がお》で拒否する。

ショウ曰《いわ》く『たるとたんたん』は進化形スイーツではなく、フランスの伝統的な林檎《りんご》タルトの『タルト・タタン』だったのか。氷川は単純に驚くが、今はそんな場合ではない。

「京介、ショウがうちでホストデビューしたのは、お前に対する愛が消えたわけじゃない。牡蠣《かき》のせいなんだ。悪いのはホタテやマテ貝なんだ。シメるのはホンビノス貝やヒオウギ貝にしてくれ。ショウの愛は今でもお前のものだ。頼むからショウの元に戻ってやってくれーっ」

太夢は大声で捲《まく》し立《た》てながら階段を上がってくると、古の姫に対する騎士の如《ごと》く跪《ひざまず》き、京介に真紅の薔薇《ばら》の花束を捧《ささ》げた。

どちらも歌舞伎町《かぶきちょう》では名の知れた人気ホストだ。ふたりとも顔面偏差値は高いが、どうにも絵にならない。氷川と吉平を囲む寒野組の若い構成員たちは啞然《あぜん》としていた。

「太夢、いいたいことがありすぎる」

京介は自分に向けられた真紅の薔薇を蠅《はえ》がたかっている生ゴミのように見つめたが、太夢はまったく態度を変えなかった。

「京介、なんでも言って」

「一度、死ね」

京介が太夢を殴り飛ばそうとした瞬間、銀のメルセデス・ベンツが停まる。吾郎が安堵《あんど》の息を漏らすと、中から不夜城の頂点に立つ男が降りてきた。黒いブリオーニに身を包んだ清和の傍らには、右腕とも言うべきリキがいる。

「京介、すまない。これで許せ」

清和は真顔で京介に老舗《しにせ》和菓子屋の紙袋を差しだす。氷川は愛《いと》しい男の態度に目を丸くしたが、京介の形のいい眉《まゆ》は顰《ひそ》められた。

「二代目、それはなんですか？」

「かりんとう饅頭」

清和がボソリと答えると、京介は右腕を高く掲げた。

「二代目、一度、殴っていいですか？」

ひっ、と吾郎や太夢など、京介の暴走族時代を知っている男たちが悲鳴を漏らす。止めてください、と氷川に縋《すが》りついたのはショウと京介の後輩だ。

しかし、眞鍋組の看板を背負う男は怯《おび》えなかった。

「俺を殴って気が済むならいくらでも殴れ」

清和が堂々と言い放った瞬間、氷川は真っ赤な顔で叫んだ。

「……だ、駄目っ。清和くんを殴るなら僕を殴ってーっ」

ここは出ないで、と氷川を宥《なだ》めたのはほかでもない吉平だった。周りを囲んでいた寒野組構成員たちの輪が狭くなる。

落ち着いてください、とリキも鋭い目で氷川を制した。

「俺がショウにかりんとう饅頭を食われたから、寒野組に手を貸していると思っているんですか？」

京介が呆れたように尋ねると、清和は低い声で聞き返した。

「違うのか？」

「はい」

京介が怒気を込めた声で肯定すると、リキがいつもの調子で老舗洋菓子店のケーキ箱を差しだした。

「京介、すまない。これですべて水に流せ」

「リキさん、それはなんですか？」

「タルト・タタン」

リキが鉄仮面を被《かぶ》ったまま答えると、京介は欧米人のように肩を竦《すく》めた。

「眞鍋の虎《とら》がそんなに無能とは知りませんでした」

「お前はかりんとう饅頭やタルト・タタンをショウに食われて怒った」

「はい」

「海老《えび》シュウマイも食われて怒ったが、海老シュウマイよりかりんとう饅頭やタルト・タタンのほうが怒り方はひどかったと聞いた」

ショウが京介を怒らせる最大の理由は周知の事実だ。京介が意外なくらい甘党なこともよく知られている。

「俺の唯一の癒《い》やしはスイーツです。確かに、楽しみにしていたスイーツをショウにひとつ残らず食われて怒りましたが、それとは別件の理由で寒野組の吉平に手を貸しました」

京介が誤解だときっぱり告げると、太夢はシェイクスピアの舞台役者のようなポーズで口を挟んだ。

「京介、だから、ショウが心から愛しているのはお前だ。うちでホストデビューしたのは、俺への愛じゃなくて貝のアヒージョの呪《のろ》いなんだ。ショウの一途《いちず》な愛を誤解するな。ショウとお前の愛はゾク時代からよく知っている。牡蠣やホタテにふたりの愛を引き裂かれてどうするんだ……」

京介は華やかな王子様スマイルを浮かべると、太夢の鳩尾《みぞおち》に凄《すさ》まじい一発を決めた。ドスッ、と。

「……っ……ショウのところのトップは男夫婦だから……大丈夫だぞ……」

「死ね」

京介はイタリア製の靴を履いた足でトドメを刺した。まさしく、華麗なるゴジラだ。

「……京介くん、やめてーっ」

氷川が潤んだ目で叫ぶと、京介はピタリと止まった。ゴジラも白百合《しらゆり》と称《たた》えられる二代目姐の涙には弱い。

「京介、ショウを置いていくから好きにしろ。ただ姐さんは返してもらう」

リキは焼き肉屋の看板の下で失神しているショウを目で示唆した。清和も同じ意見だとばかりに相槌《あいづち》を打つ。

「リキさん、どうしてショウを置いていくんですか？　邪魔です」

京介が吐き捨てるように言うと、リキは抑揚のない声で言い切った。

「お前の心を揺さぶるのはショウしかいない」

「馬鹿馬鹿《ばかばか》しくて誤解を解く気にもなれない」

「姐さんの前でやり合いたくない。渡してくれ」

リキは静かな迫力を漲《みなぎ》らせ、寒野組構成員たちに囲まれている氷川に向かって手を伸ばす。眞鍋の虎の恐ろしさを知っているらしく、寒野組の若い構成員たちの下肢がいっせいに震えた。ただ東南アジア系の構成員は挑戦的な顔で睨《にら》み返《かえ》す。そのうえ、東南アジア系の構成員は全員、拳銃《けんじゅう》を取りだした。

「……っ……銃刀法違反っ……」

氷川が掠《かす》れた声で非難しても、東南アジア系の構成員たちの態度は変わらない。若頭の吉平も咎《とが》めたりはしなかった。

眞鍋組の昇り龍と虎にしろ、兵隊たちにしろ、銃口を向けられても怯えたりはしない。

緊迫した空気が漂う。

「リキさん、交渉相手は俺じゃなくて寒野組の若頭です」

京介が顎《あご》をしゃくると、吉平がようやく挨拶をした。

「ど〜も、吉平です。若頭やってます」

極道らしからぬ態度に対し、リキは目くじらを立てたりはしない。ただ礼儀を払ったりはしなかった。

「三日前、突然、涼子《りょうこ》さんが所有しているビルに寒野組の看板が出たから驚いた」

「バタバタして忙しそうだったから、挨拶を遠慮していたんだよ。これからよろしく」

スチャッ、と吉平は軽薄男らしく顔の隣で指二本を立てた。眞鍋組に敬意を払うつもりは微塵《みじん》もない。

「戦争したいのか？」

リキの低い一声により、清和や吾郎といった眞鍋組の男たちに凄絶な殺気が走る。焼き肉屋の看板の前で倒れていたショウもムクリっ、と起き上がった。

「……この野郎」

東南アジア系の寒野組構成員たちは、今にもトリガーを引きそうな雰囲気だ。同じように、周囲のビルの窓から寒野組構成員たちを狙っている眞鍋組構成員たちのライフルも発砲しそうだ。

一触即発。

どちらが先に仕掛けるか。

「……やめてっ」

氷川は止めようとしたが、寒野組構成員たちの包囲網によって身動きが取れない。何より、あまり下手に動いたら清和たちを刺激するからかえって危険だ。

「寒野愚連隊のシマを返してくれたらそれでいい。戦争をしかけたりしないよ」

ちっちっちっちっちっ、と吉平は立てた人差し指をこれみよがしに振った。仕草ひとつをとっても眞鍋の男たちの怒りに火をつけるだけだ。

「話にならない」

リキが一歩踏みだすと、吉平は逃げるように一歩下がった。

「だって、もともとここは寒野愚連隊のシマじゃん。寒野組長のお祖父《じい》ちゃんのシマだったんだよ」

「寒野愚連隊は存在しない」

「寒野組長が寒野組として復活させた。復刻版の寒野組をよろしく……ということだから、シマを返してもらうね」

吉平が指で差した先には、寒野組総本部が入るガラス張りのビルがあった。洒落《しゃれ》た造りだけ見れば、この界隈にありがちなクラブやキャバクラが集まったビルにしか見えない。隣のホストクラブ・ダイヤドリームが入っているビルよりずっと洗練されている。

「本気か？」

「本気だよ。だから、京介に頼んで姐さんをご招待した。これから姐さんとパクチーたっぷりのディナーを楽しむ予定。海老の生春巻きとバインセオがとっても美味いんだ」

ショウが鬼のような形相で飛びだしたが、すんでのところでリキが止める。そのまま宣戦布告した。

「戦争の準備をしろ」

プシューッ。

リキの宣戦布告に呼応するかのように、吉平が被っていた帽子がサイレンサー付きの銃で撃ち抜かれた。

帽子は音もなく氷川の足下に落ちる。

狙撃《そげき》手は前のビルの三階でサイレンサー付きの銃を構えている諜報部隊のイワシだ。威嚇だと誰でもわかる。

次は心臓をブチ抜く、とリキだけでなく清和も無言で脅していた。

それがわからないほど、吉平は愚かではないらしい。穴が空いた帽子を拾って、大袈裟《おおげさ》に震えた。

「困ったな。うちは戦争したくないんだ。俺、育児中だから戦争してる暇がないんだ。わかってほしいな」

「若頭では話にならないな」

組長を出せ、とリキが暗に求めた。

「オヤジ、五番テーブルにご指名です」

吉平が寒野組総本部の看板に向かって大声を張り上げると、氷川の携帯電話の着信音が鳴った。

こんな時に誰、と氷川は鳴り続ける着信音に戸惑う。知らない番号からではなおさらだ。

「姐さん、そのお電話はうちのオヤジからだよ。出て」

「……え？　どうして寒野組の組長が僕の携帯電話の番号を知っているの？」

氷川が眞鍋組から持たされているGPS機能付きの携帯電話の番号を知る者は限られている。京介や太夢は言わずもがな、信司や吾郎をはじめとする眞鍋組の男たちも知らないはずだ。

「いいから出て」

吉平に催促され、氷川は躊躇《ためら》いがちに応対した。

「……もしもし？」

『姐さん、カーレースでカタをつけよう。うちのマスコットは氷川諒一《りょういち》。今夜の十二時、お台場海浜公園で』

不気味なくらい低い声の主は言うだけ言うと、一方的に話を終わらせた。氷川が尋ねる間もない。

「……えっと……カーレースでカタをつけよう。うちのマスコットは氷川諒一。今夜の十二時、お台場海浜公園で……って……」

氷川が掠れた声で伝えた瞬間、驚愕混じりの殺気が漲る。

「さすが、うちのオヤジは冴《さ》えている。カーレースで決着をつけよう。勝負は今夜の十二時だよ」

氷川はわからなかったが、吉平や眞鍋の男たちは瞬時に理解したらしい。金や話し合いで解決できなかった時、カーレースやバイクレース、麻雀《マージャン》などで勝負をつけるのだ。

「カーレース、受けて立つ」

リキは迷うことなくカーレースを承諾した。ショウという無敗の韋駄天を擁する眞鍋にとって、カーレースは格好の手段だ。

「うん。お互い、バズーカ砲を持ちだしても大変なだけだし、恨みっこなしの車で決着をつけようね」

バイクレースであれ、カーレースであれ、相手が現役のプロであれ、ショウは常にレースを制してきた。その眞鍋にレースを挑むのだから、寒野組長はそれ相応の小細工を労している。すなわち、二代目姐だ。

「ただ、マスコットが氷川諒一とはどういうことだ」

「それぐらいわかるだろ。寒野の車に運転手と一緒に姐さんも乗ってもらう。眞鍋のヒットマンに運転手を狙撃されたら困るしぃ」

吉平は苛烈な手を取る清和を危惧《きぐ》していた。寒野組長も的確に眞鍋組の恐ろしさを把握しているようだ。

「姐さんは外せ」

「心配しなくてもうちの運転手は京介だ。車内で姐さんにエッチしたりしないよ」

吉平があっけらかんと言った瞬間、眞鍋の男たちに動揺が走る。ショウは豆鉄砲を食った鳩《はと》のような顔で固まった。リキの態度は変わらないが、内心では少なからず動じている

毘沙門天
焼肉
MENU
焼肉
カルビ…580
ロース…850
上ロース…600
ハラミ…520
ハツ…500
ミノ…690

ようだ。

「寒野の運転手が京介なのか？」

「うん。うちの運転手は京介だよ。眞鍋はショウだよね？　すごいよ。伝説の毘沙門天のツートップが勝負なんて」

吉平の言葉を肯定するように、京介は軽く頷いた。こともあろうに、京介が寒野組の運転手としてカーレースに出場する。

信じられねぇ、とか細い声で漏らしたのは、正気を取り戻したショウだ。

宇治の口は開いたまま、元毘沙門天の構成員はへなへなと力なくその場に崩れ落ちる。それだけ、徹底した京介の強硬な態度にショックを受けたのだろう。

いったいどんな弱みを握られてるんだ、と清和は食い入るように京介を見つめている。もっとも、京介は誰のどんな視線も綺麗に流した。

「姐さんはカタギだ。お前らも極道ならカタギを巻き込むな」

リキにしては珍しく諭すように言うと、吉平はひらひらと手を振った。

「眞鍋の虎、血の雨を降らせてもなんの得にもならない。シマを戦場にしたら客足が遠のいて俺たちも困る。ここは穏便にカーレースで決着をつけようよ」

「姐さんは返してもらう。話はそれからだ」

リキが一歩二歩、踏みだした時、京介が悠然と割って入った。

「寒野組の車には氷川諒一さん、眞鍋組の車には支倉《はせくら》涼子さん、どちらもサポートはひとり、どちらも好きな車を使う。これでいいだろう。涼子さんが吉平の初恋の相手で、寒野組長の異母妹であることは知っているはずだ」

京介は艶然《えんぜん》と微笑みつつ、これ以外に手段がないというかのように、カーレースについて取りまとめた。ここでどんなに言い合っても決着はつかないことは明らかだ。一歩間違えれば、この場で最悪の事態を招きかねない。

「京介、姐さんに何かしたらお前でも許さない」

リキは京介に対する信用で引く決心をしたようだ。右手で、今にも攻撃しそうな眞鍋組の兵隊たちを止める。

「リキさん、俺、今から姐さんの舎弟を名乗る。姐さんは任せてくれ」

「スターターはダイヤドリームの太夢だ」

リキは地面に突っ伏しているホストクラブ・ダイヤドリームの代表を差した。スターターというより勝負の見届け人だ。京介やショウ、吉平と同じ毘沙門天出身であり、ヤクザではないが、不夜城の住人だからうってつけかもしれない。

「気が合います。俺も太夢を指名するつもりでした」

「レースのコースは？」

「スタート直前、くじ引きで決めましょう。お互いに候補をふたつ、出します」

「いいだろう」

カーレースに関し、できる男たちの間ではとんとん拍子に話が進む。京介やリキには誰も異議を唱えない。

「ここは引いてほしい」

これで話は終わり、とばかりに京介は今にも牙《きば》を剝《む》きそうな清和を横目で眺めながら言った。

しかし、リキは首を左右に振った。

「一度、姐さんは連れて帰る」

二代目姐が手元にいるか、手元にいないか、眞鍋組の戦いはその一言に尽きる。白百合と称えられる二代目姐を命より大事だと思わない眞鍋の男はいない。

「カーレースに姐さんに変装した誰かが来たらそこで終わりだ。反則はさせない」

さすがというか、当然というか、京介は氷川の影武者を危惧している。ある程度、眞鍋組の手のうちを知っているからだろう。

「京介、俺たちはナメられたものだな」

「リキさん、凄《すご》んでいる間があったら準備してください。さっさとショウの手当てをしてやったほうがいい」

リキは眞鍋組の兵隊を下がらせようとしたが、清和が悪鬼の如き形相で口を挟んだ。

「待て」

「二代目、ようやく話がまとまったから出てこないでほしい」

京介が忌々《いまいま》しそうに咎めたが、清和の凄絶な殺気は鎮まらない。今にも周囲にいる狙撃手にヒットの合図を送りそうだ。

「女房を返せ」

清和が寒野組構成員たちに囲まれた氷川に向かって手を伸ばす。

ここで殺してしまえばいいだろ、と東南アジア系構成員が訛《なま》りの強い英語で話し合っている。

「……せ、清和くん、京介くんがいるから大丈夫だ。ここはまず、引いて」

氷川が真っ青な顔で叫ぶと、不夜城の帝王が地を這《は》うような声で言った。

「女は黙っていろ」

どんな極道の妻であれ、一度は言われるセリフだ。

ヒュ～っ、と吉平は茶化すような口笛を吹いた。寒野組の東南アジア系構成員たちも一様に茶化す。

眞鍋組の兵隊たちが醸しだす殺気は一段とひどくなった。

「……こ、このっ、いけない子、諒兄ちゃんに向かってなんてことを言うのっ」

氷川が目を吊《つ》り上《あ》げて咎めると、清和の悪鬼と化した顔になんとも形容しがたい悲哀が混じった。

「黙れ」

「清和くんがいい子になるまで帰ってあげませんっ」

氷川がいきり立つと、吉平が楽しそうに声を立てて笑った。

「……じゃ、い～よ。いいよ。一度、姐さんは連れて帰っていいよ。でも、レースには参加してもらうからね。姐さんが来なかったり、影武者だったり、代理だったりしたら、その時点で寒野の勝ちだよ。シマはもらうからね」

いくら眞鍋組が支配する街とはいえ、いつまでも往来で睨み合っているわけにはいかない。

「清和くんっ」

氷川は寒野組構成員の輪から解放され、清和の逞《たくま》しい腕に仕舞い込まれた。それでようやく、清和率いる眞鍋の男たちは、二代目姐の返却で引いた。

しかし、これで終わったわけではない。

本当の戦いはこれからだ。

5

氷川《ひかわ》が清和《せいわ》に守られるようにして眞鍋《まなべ》組総本部に入ると、大勢の屈強な構成員たちが詰め、抗争中のように騒然と殺気立っていた。

「木村《きむら》先生の行方がわかった。櫛橋《くしはし》組のスナック・ロンロンでママを口説いていやがった。銀ダラが押さえているから、さっさとショウを連れていけ」

吾郎《ごろう》や信司《しんじ》や武闘派の若手構成員たちが、ボロボロのショウをモグリの医者の木村の元に連れていく。眞鍋が誇る韋駄天《いだてん》は手負いの獣そのものといった風情だ。かつてプリンスと称《たた》えられた天才外科医の手腕に頼るしかない。

ショウくんに何事もありませんように、と氷川は祈るような気持ちでショウを見送った。

「二代目、寒野《かんの》組の裏がどこか、調査中です。支倉《はせくら》組長や櫛橋組長、龍仁《りゅうじん》会や尾崎《おざき》組は否定しました」

「支倉組長から詫《わ》びが入りました。二代目には直《じか》に会って詫びを入れたいそうです」

「桐嶋《きりしま》組長と櫛橋組長から加勢の申し出が入っていやす」

「二代目、橘高《きったか》のオヤジと安部《あべ》のおやっさんはまだ帰れないそうです。どんなに急いでも帰国はカーレース後です。寒野の車には典子《のりこ》姐《あね》さんを乗せるように助言がありやした」

古参の構成員たちから報告を聞いた後、清和は氷川の肩を抱いたまま組長室に向かう。リキは指示を出しながら続く。

廊下では殴打の痕《あと》が痛々しい卓《すぐる》と宇治《うじ》が頭を下げていた。

「姐さん、お守りできなくて申し訳ございません」

宇治が悲壮《ひそう》感を漂わせて詫びると、卓が痛みに堪《た》えながら責任に言及した。

「俺の失態です。イワシから京介《きょうすけ》と吉平《きっぺい》の動きは聞いていましたが、適切な対処ができませんでした。この責めを負わせてください」

今にもふたりは目の前で指を詰めそうな雰囲気だが、誰も責めたりはしない。清和でさえ、首を軽く振った。

「卓、宇治、ゴジラ相手なら仕方がない」

清和の一言がすべてを流す。確かに、京介という底の知れない実力を秘めた男に動かれたら敵《かな》わない。絶大な信頼を抱いていたからなおさらだ。

「卓くん、宇治くん、大丈夫？　ちゃんと手当てした？」

氷川が医師の顔で案じても、卓と宇治は下げた頭を上げない。ただ、卓は俯《うつむ》いたまま、切々とした調子で言った。

「今朝、ショウはかりんとう饅頭《まんじゅう》を食べて、京介を激怒させ、肋《あばら》を折られました」

一瞬、聞き間違いかと思って、氷川は自分の耳を疑った。

「……え？　肋が折られていた？　なのに、ショウくんはあんなに暴れていた？」

肋が折れたぐらいなんだ、とショウが雄叫《おたけ》びを上げる姿が氷川の瞼《まぶた》に浮かぶ。肋は放っておいても治る、と清和やリキ、宇治などの雄々しい男たちの目は雄弁に語っていた。まったくもって、氷川の理解の範疇《はんちゅう》を超える猛者《もさ》たちだ。

「寒野組はショウの肋の状態を知っているから、カーレースを選んだのでしょう。そうであってほしくないと思いますが、京介はカーレースを見越してショウの肋を折ったのかもしれません」

卓の見解を聞き、氷川の心がキリキリと軋《きし》んだ。

「……そ、そんなこと……京介くんに限ってそんなことは……」

「俺も京介を信じています。京介がショウを裏切るわけがない……ただ、今回、いつもの京介ではありません。気をつけてください」

「いつもの京介くんなら、楽しみにしていたスイーツを食べられても、肋を折るまで怒ったりはしないよね？」

毘沙門天《びしゃもんてん》の旗の下、伝説を作った特攻隊長と族長の大ゲンカは半端ではなかった。宿泊先の高級旅館の離れを壊すかと思ったぐらいだが、そこまでひどくなかったはず。そこまで、と氷川の希望的な感情が入る。

「過去、メガサイズのパリブレストを平らげて肋を折られ、栗《くり》どら焼きをひとつ残さず平らげて鎖骨にヒビを入れられたことがあるそうです」

卓は殴打の痕が痛々しい顔を上げると、ショウと京介の大乱闘について語った。清和やリキは知っているらしく、それぞれ伏し目がちに頷《うなず》いた。

「パリブレストと栗どら焼きは知らなかった」

氷川が知らなかった過去に驚くと、卓は腫《は》れた頬《ほお》を押さえながら言った。

「俺たちが知らないだけで、ショウは京介にさんざんやらかしています」

「京介くんはショウくんがそういう子だってわかっていたよね？　わかっていて、すべてを受け入れていたよね？」

「俺もそう思っていました」

氷川と卓が固い絆《きずな》で結ばれていたはずの幼《おさな》馴染《なじ》み同士について考え込む。清和にしても京介の言動が未《いま》だに理解できないのだ。

もっとも、廊下で悩んでいる場合ではない。リキに視線で促され、氷川は清和に肩を抱かれて組長室に進む。

果たせるかな、組長室には真珠色のワンピースに身を包んだ涼子《りょうこ》がいた。目は潤み、手にはレースのハンカチを握っている。

「……このたびは異母兄、寒野禮《れい》が申し訳ありません。私が彼を止められませんでした」

涼子が涙ながらに謝罪すると、清和は渋面で首を振った。予想だにしていなかった場に氷川は戸惑う。

「涼子さんにはなんの非もありません。お座りください」

リキは何事もなかったような調子で、涼子を黒い革張りのソファに座らせようとした。けれども、涼子は立ったまま腰を折る。

「リキさん、すみません。私がよかれと思ってしたことが、すべて裏目に出たようです。せっかく祐《たすく》さんにいろいろと手を尽くしてもらったのに……」

涼子の懺悔《ざんげ》に驚いたのは、眞鍋組の二代目姐だけだ。清和は言うまでもなく、リキは淡々としていた。

「祐はこうなることを予想していました」

さすがというか、当然というか、スマートな参謀は寒野禮の行動を読んでいたらしい。

「祐さんは私が買ったビルに異母兄が寒野組を出すって予想していたのですか？」

私は異母兄が派遣会社を設立するとばかり思っていました、と涼子は嗚咽《おえつ》を零《こぼ》しながら続けた。

「それだけではありません。祐は寒野禮が大江《おおえ》吉平を若頭にして、涼子さんのビルに寒野組の看板を上げると予想していました。自分も同じ意見でした」

リキは寡黙な男だが、今日は意外なくらいよく喋《しゃべ》る。祐やサメ、ショウといった男たちがいないから必要に迫られているのだ。

「そうなの？」

「いくら涼子さんが二代目のプライベートフロアで暮らし、二代目姐のふりをしても、戦争は回避できないと準備をしていました」

思いがけなく、リキの口から眞鍋第三ビルに涼子が居座った理由が判明した。正確に言えば、祐が涼子を清和のプライベートフロアに居座らせた理由だ。

「祐さんはそんなこと一言も明かしてはくれなかったわ」

「ただ祐も京介の行動は予想していませんでした。カーレースの勝負も」

リキが苦行僧のような顔で息を吐くと、涼子はハンカチを握り直した。

「異母兄の口から京介くんの名前が出たことは一度もないの。吉平くんも暴走族時代のことは一度も話さなかったわ」

「自分たちが摑《つか》めなかった裏があると思います。摑めなかった自分たちの失態です。涼子さんに辛《つら》い思いをさせて申し訳ない」

リキが深々と頭を下げると、清和も無言で謝罪した。想定外の事実に、氷川は呆然《ぼうぜん》と立ち尽くすだけ。

「リキさん、清和さん、やめてください。悪いのは私たちのほうですから」

涼子が慌てて手を振ると、リキは低い声で話を進めた。

「涼子さん、カーレースの件、お聞きになられましたね？」

「はい。私は眞鍋の車に乗ります。いくら異母兄でも私が乗っていたら、車を爆破しないと思います」

「ショウの運転技術は保証しますが、涼子さんにとって命をすり減らす時間になると思います」

「私が失神しても構わず、スピードを上げるようにショウくんに言ってください」

涼子は潤んだ目で言い切ると、氷川に頭を下げた。かつてない哀愁が漂っている。

「……涼子さん？」

氷川がもつれる舌をやっとのことで動かすと、涼子は寂しそうに微笑《ほほえ》んだ。

「氷川先生、お聞きになられたでしょう。このたびは異母兄の寒野禮がご迷惑をかけて申し訳ありません」

「……驚きました」

氷川が正直に告げると、涼子は伏し目がちにポツリポツリと続けた。

「私が眞鍋組の二代目姐になれば異母兄も眞鍋組のシマを諦《あきら》めてくれると思っていました……私自身、清和さんの妻になりたかったのですが、ちっともふりむいてくれなかったの。妬《や》く必要はないわ」

涼子さんは清和くんに本気だった。

今でも本気だ、と氷川はかつて涼子と対峙《たいじ》した時を思いだした。今日、院内で綾小路《あやのこうじ》に言われた言葉も過《よぎ》る。

「清和くんと涼子さんがいちゃついていたと聞きました。リキくんがガードについていた、って……」

「清和くんの影武者と一緒に眞鍋のシマでお食事をしました」

氷川も清和に瓜二つ《うりふた》の影武者には覚えがある。披露宴では、天井のない庭でなければ運び込めないようなウエディングケーキを作ってくれた。裕也《ゆうや》を筆頭に参列した子供たちが大喜びしたものだ。

「……あ、清和くんの影武者……そっくりのショコラティエ……」

「清和さんと影武者の外見はそっくりだけど中身は違うわ。異母兄にバレていたのかもしれないわね」

「涼子さんの異母兄ならば、眞鍋組にとっても大事な支倉組長の息子でしょう。どうして？」

氷川が素朴な疑問を投げると、涼子はハンカチで目を押さえながら答えた。

「異母兄の寒野禮は父と愛人の間に生まれたの。その愛人が寒野愚連隊の八代目隊長の一人娘だったのよ」

寒野組長は実母からも極道の血を受け継いでいた。修羅の世界に飛び込んだのは、極道

としての濃い血が流れている所為《せい》か。

「異母兄さんは寒野愚連隊の八代目隊長の孫にあたるのですか」

「眞鍋の初代組長が寒野愚連隊を毒殺したのか、していないのか、関係者がみんな亡くなってしまったから真実はわからないわ。異母兄はただ単に眞鍋組のシマが欲しくて旗印にしているだけ」

涼子が悲痛な面持ちで寒野組長の真意を明かすと、清和の鋭い目に険が走った。傍らではリキがスマートフォンを操作している。

「支倉組長は？」

氷川が青い顔で尋ねると、涼子の美貌《びぼう》が引《ひ》き攣《つ》った。

「父は異母兄や愛人を大切にしなかったから負い目があるのよ。愛人といっても、舎弟の生活のために売春させたりしたんだもの」

涼子が吐露した支倉組長の過去に、氷川は思いきり面食らった。正妻は夫を支えるため、身を粉にして働き、尽くすという。姐さんの鑑《かがみ》と謳《うた》われている典子も、橘高の舎弟を養うために身体《からだ》を売ったことがあると言っていたけれども。

「……え？　愛人なのに？」

愛人は大切にされるから正妻は割に合わないと聞いた記憶がある。

「異母兄も馬鹿《ばか》よ。いっそシマを狙《ねら》うなら、眞鍋のシマじゃなくて父のシマを狙えばいいのに」

涼子が大粒の涙をポロポロ零すと、清和がシニカルに口元を歪《ゆが》め、リキがボソリと口を挟んだ。

「支倉組のシマでシノギは見込めない。寒野禮は賢明な判断をした」

「そうなのよね。支倉組は資金繰りで苦労しているの。上納金を納めるために果物泥棒をした組員がいて……異母兄はせせら笑っていたわ」

涼子が支倉組の逼迫《ひっぱく》した内情を明かした時、控えめなノックとともに吾郎が顔を出した。

「失礼します。木村先生のところから帰りました。ショウの肋が二本、骨折していました。今朝のかりんとう饅頭で一本、つい先ほどで一本、計二本」

一瞬、組長室が静寂に包まれた。

もっとも、すぐにリキが沈黙を破った。

「木村先生は？」

「馬鹿につける薬はない、と木村先生が言いました」

「ドクターストップはないということか？」

「ショウは出ると息巻いています」

吾郎の言葉を裏付けるように、廊下の向こう側からショウの野獣にも似た雄叫びが響いてきた。

「……離せっ。離しやがれっ。俺を誰だと思っていやがる。骨の一本や二本、なくてもどうってことはねぇーっ」

「ショウ、暴れるなーっ」

「ショウ、そんなに力んで平気なのか？」

どんな騒動が巻き起こっているのか、ショウがショウだけになんとなくわかる。何せ、絶対安静の重体でも敵陣に真正面から殴り込んだ鉄砲玉だ。氷川は人形のように固まったが、眞鍋のトップと腹心のコンビは不敵に口元を緩めた。

「あいつらしいな」

リキが珍しく苦笑を漏らすと、吾郎が真っ青な顔で尋ねた。

「どうしますか？　代理を立てますか？」

「代理で京介に勝てる奴《やつ》がいるか？」

「俺が知る限り、いません。元毘沙門天の奴らも同じ意見です」

吾郎はリキから涼子に視線を流し、躊躇《ためら》いがちに哀愁を込めて言った。

「……涼子さん、支倉組長からの連絡をずっと無視されていましたね？　支倉組長の連絡が入っています。出てくれますか？」

涼子が吾郎とともに組長室から出ていった途端、清和はリキに言い放った。

「カーレースの準備はしなくてもいい」

「二代目？　寒野組に殴り込みますか？」

「仁義を守らない奴に仁義を通す必要はない」

始末しろ、と清和の苛烈《かれつ》な目は明確に命じている。それがわからないほど、氷川やリキは鈍くない。

氷川が止めようとする前に、リキが冷淡な声で返した。

「寒野組長にヒットマンを送り込むのは容易《たやす》い。一発でカタがつきますが、支倉組長に対する仁義を欠くことになる。橘高顧問の兄貴分であることを忘れないでほしい」

極道界におけるしがらみは今さら説かれるまでもない。寒野禮が橘高の兄貴分の息子でなければ、寒野組の看板を掲げた時点で始末していただろう。三日前の時点で。

不夜城の帝王とはそういう男だ。言い替えれば、そういう男だからこそ、不夜城の帝王として君臨している。

「愛人の子を止められなかった支倉組長にも責任がある。覚悟しているだろう」

こちらがヤクザならあちらもヤクザだと、清和には寒野組の金看板を木っ端微塵《こ　ぱ　み　じん》に破壊する正当な旗印がある。

「橘高顧問がシンガポールから帰るまで待ってください」

今回、最大のネックは眞鍋組の大黒柱の支倉組長に対する仁義だ。清和にしても駆けだしの頃から目をかけてもらっている。

「寒野禮はオヤジがシンガポールにいる時を狙った」

「祐の留守も狙われたのでしょう」

顧問と参謀という二枚カードの不在を狙われた。すなわち、不夜城に残る龍虎《りゅうこ》コンビは陥落できると侮られたのだ。

「ナめやがって」

よりによって女房を、と清和の鋭い目が凄絶《せいぜつ》な屈辱に塗《まみ》れる。誰よりも氷川を守りたがっている男の自尊心が傷つけられたのだから無理もない。

氷川は宥《なだ》めるように優しく清和の背中を摩《さす》った。

「ナめたことを後悔させてやりますから、ヒットマンを送り込むのは控えてください」

男としての自尊心を深く傷つけられたのは、眞鍋の虎《とら》にしても同じだ。いつもと同じように鉄仮面を被《かぶ》っているが、心の中では激しい闘志を燃やしている。ただ、昇《のぼ》り龍《りゅう》と違って冷静だ。

「女房は出さない」

「カーレースから全面戦争に切り替えますか？」

「京介を潰《つぶ》せ」

清和の冷酷な指示に、氷川の背筋が凍りついた。今、触れている男は自分が知っている年下の夫なのだろうか。愛《いと》しい男によく似たどこかの他人ではないのだろうか。氷川は確かめるように清和を抱き締める。

それでも、愛しい男の剣のように尖《とが》った怒気は鎮まらない。結婚指輪の交換で震えていた面影は微塵《みじん》もなかった。

「京介を潰して、うちはショウの代わりに、出資しているチームのレーサーに走らせますか？」

「ああ」

「……サメから連絡が入りました。出てきます」

リキは清和から氷川に視線を流して言った。

「姐さん、二代目を宥めておいてください」

リキが一礼して出ていけば、組長室には清和と氷川しかいない。なんとも重苦しい空気が流れたままだ。

「清和くん、浮気じゃなかったんだね」

氷川の第一声により、重苦しい空気が軽くなる。

「……違うだろう」

「うん、清和くんが涼子さんと浮気していたんじゃなくてよかった。僕が日陰の身になるんだと思った」

僕の戦争は愛した男を奪われないこと、と氷川は心の中で反芻《はんすう》した。自分でもわけがわからないけれども、氷川の現実逃避だったのかもしれない。

「……おい」

「祐くんは寒野組との抗争を止めようとして、涼子さんを清和くんのプライベートルームに置いていたんだ。わかったら納得した。恐ろしい魔女はいい魔女だったんだ」

多分に核弾頭と名付けた二代目姐に対する意趣返しが含まれているが、根底に流れているものは昇り龍に捧《ささ》げた忠誠だ。魔女と揶揄《やゆ》される策士は、己が命を捧げた男のためにならないことはしない。

「……俺には敵が多い」

「うん、知っている」

「お前が狙われる確率を下げるため、涼子さんをそばに置けと言われた」

死角のない眞鍋の昇り龍に初めてできた弱点は、不夜城の住人ならば誰でも知っているし、その影響力は闇《やみ》組織に的確に把握されている。それ故、清和が一筋に愛を捧げている白百合《しらゆり》の如《ごと》き内科医が狙われるのだ。しかし、もうひとりいれば話は変わる。単純に考えれば、氷川が狙われる確率は二分の一に減るだろう。

「涼子さんをスケープゴートにする気だったの？」

「俺は反対した」

「うん、女性をそんな危険な目に遭わせちゃ駄目だ」

ぺしっ、と氷川は優しい手つきで清和のシャープな頬を叩《たた》いた。ほかの女性に危険を負わせるぐらいなら、自分ですべて引き受ける。愛しい男のためなら構わない。それだけ氷川は十歳年下の幼馴染みが愛しい。修羅を背負った男を愛した覚悟もできていた。

「……怖い思いをさせてすまない」

清和は視線が合わせられないのか、重厚なドアを眺めながらポツリと詫びた。今日の京介の行動は青天《せいてん》の霹靂《へきれき》以外の何物でもなかったのだ。

「大丈夫、今日は京介くんだから怖くなかったよ。びっくりしただけ」

「ホストクラブ・ジュリアスのオーナーから連絡が入った」

一般社会の雇用形態とはだいぶ違うが、京介にとって在籍しているホストクラブ・ジュリアスのオーナーが雇用者のような存在だ。生き馬の目を抜く業界でしたたかに泳ぎ回っている。

「なんて？」

「驚いていた」

海千山千のオーナーでさえ、今回の京介の行動は予想できなかったらしい。それならリキや祐が予想できなくて当然だと、氷川は変なところで納得してしまった。

「オーナーも驚いていたのか」

「京介の真意がわからない」

ショウが眞鍋組の金バッジを胸に着けて以来、清和は京介を眞鍋組の構成員にしようと躍起になっていたという。京介本人がうんざりするぐらいしつこかった理由は、そのホストという枠に収まりきらない実力を高く評価していたと同時に恐れていたからだ。味方ならば頼もしいが、敵に回したら恐ろしい。

「賭《か》けてもいいけれど、京介くんはショウくんを裏切ったりしない。予定通り、僕が寒野組の車に乗るから……」

氷川の言葉を遮るように、清和は険しい顔つきで言った。

「やめろ」

「どうする気？」

「お前には関係ないことだ」

清和の冷たい横顔には、京介に対する殺意が秘められていた。敵に回った京介にかける温情はない、と。

「……って、ヒットマンを送り込む気？　……SSS級の殺し屋に依頼するの？　……え、もうSSS級の殺し屋の居場所を摑んだの？」

まさか、本気なのか。

清和くんは本気で京介くんを潰す気か。

僕が無事だったのにどうしてそんなに怒っている、と氷川は清和の激怒している最大の理由に思い当たる。

僕だ。

僕が原因でここまで怒っているんだ、と深く愛されていると実感するが、決して嬉《うれ》しくはない。こんなに苦しい愛の確認方法はいらない。

「…………」

清和は憮然《ぶぜん》とした面持ちで重厚なドアを見つめ続けた。氷川の恐怖に駆られた瞳《ひとみ》を意識的に排除している。

「殺し屋に依頼したら駄目だよ。どう考えても、さらにこじれる」

グイッ、と氷川は清和のネクタイを力任せに引っ張った。ここで苛烈な昇り龍を納得させられなかったらおしまいだ。

「…………」

「僕は清和くんがそんなに馬鹿な子だと思いたくない」

「……黙れ」

ペシッ。

氷川は優しい手つきで清和の頰を叩いた。

「僕を黙らせたかったら、そのSSS級の殺し屋に僕の始末を依頼しなさい。そうでもしないと僕は黙らない」

僕は絶対に引かない。

僕を引かせたかったら僕を殺してごらん。

僕は殺されても清和くんから離れないから、と氷川は深淵《しんえん》から迸《ほとばし》る痛切な愛を十歳年下の亭主に向けた。

「……っ」

さすがの昇り龍も息を呑《の》む。

「馬鹿な子じゃないなら冷静に考えてほしい。清和くんは京介くんがショウくんを裏切ると思う？　僕に害を与えると思うの？」

氷川がたたみかけるように問えば、清和は溜《た》め息《いき》混じりに答えた。

「思わないが……」

清和自身、京介に対する信頼が失《う》せたわけではない。信じていただけに、氷川を拉致《らち》された挙げ句、危険なカーレースに指名されたから許せないのだ。なんにせよ、凄絶な葛藤《かっとう》で揺れている。

「京介くんのことだから何か考えがある。裏があるんだよ。サメくんの調査結果が届いたんじゃないの？」

「…………」

「大丈夫、指名されたのは僕だ。京介くんとドライブしてくるから待っていて」

氷川はカーレースに参加する気満々だが、清和の渋面はさらに渋くなる。眞鍋の昇り龍にとって言語道断の所業だ。

「…………」

「清和くん、さっき寒野組の吉平くんと交渉したでしょう。あんなに堂々と交渉して破ったら清和くんの信用を失う。駄目だよ」

眞鍋組が牛耳る街、天下の往来でカーレース勝負を取り決めた。そのうえ、スターターにはカタギの太夢《たいむ》を指名している。これで眞鍋組の二代目組長が約束を反古《ほご》にすれば、信用を失うどころの話ではない。

「……あれは」

清和は始めから吉平との交渉結果を守る気はなかったようだ。確かに、大いに礼儀を欠いたのは寒野組だが。

「僕は京介くんを信じる」

氷川はなんの不安も抱かず、明瞭《めいりょう》な声で宣言した。

「お前の影武者を用意させる」

吉平が予《あらかじ》め釘《くぎ》を刺したように、清和は二代目姐の影武者をカーレースに参加させるつもりだったようだ。

「駄目。僕が行く」

「…………」

「京介くんがいるから大丈夫だよ。僕が行く。邪魔したら諒《りょう》兄ちゃんは泣くからね」

氷川が故意に目をうるうるさせただけで、敵に容赦がないと恐れられている極道は白旗を掲げる。年上の恋女房にベタ惚《ぼ》れしているからだ。

「…………」

「清和くんはいい子だから諒兄ちゃんを泣かせたりしないよね」

清和が苦渋に満ちた顔で喉《のど》の奥を鳴らし、氷川は自身の涙の効果を実感する。泣き落としの次は色仕掛けだ。ここで手を緩めてはならない。

「清和くん、誰もいないんだからキスして」

氷川が甘えるように求めると、清和の切れ長の目が細められる。張り詰めていたものが消えた。

壊れ物に触れるかのように、清和の唇はそっと氷川の唇に触れる。苛烈な男とは思えないくらい優しいキスだ。

「もっとして」

愛しい男の唇が離れると寂しい。

氷川が艶《つや》混じりの声でねだれば、清和から熱いキスが落とされる。どちらからともな

く、舌を激しく絡ませ、蜜《みつ》を強く吸い上げた。

狂おしいぐらい甘くて熱い一時。

氷川の黒目がちな目は潤み、真っ白な肌は薔薇色《ばらいろ》に染まり、離れていった愛しい男の唇をさらに求める。

だが、つれないことに清和はキスを拒絶した。

「……我慢できなくなる」

若い男はキスで身体に火がついてしまったらしい。表情には出ていないが、全精力を傾けて自身を抑え込んでいるようだ。

「清和くん、いいから」

「やめてくれ」

「もっともっとキスして」

氷川は愛しい男を煽《あお》るように抱き締め直した。カーレースという未知なる大勝負の前、氷川自身、気が変に昂《たか》ぶっているのかもしれない。命より大切な男を深く感じたくなってしまった。

「…………」

「もっとぎゅっ、と抱き締めて」

清和が全力を注いで自分を押し殺していることは明らかだ。氷川にしてみればもどかしくてたまらない。

「…………」

「カーレースまで時間があるよね」

カプッ、と氷川は愛しい男の顎先《あごさき》に噛《か》みつく。もっとも、決して痕《あと》は残さない。優しい甘噛みだ。

「…………」

「殺し屋に連絡を取る暇があるなら僕を抱いて」

それだけは絶対にさせない。

清和くんに後悔させるようなことはさせたくない。

第一、京介くんに何かあったらショウくんは粉々に壊れてしまう、と氷川には確信があった。

「…………」

「いい子だから僕のお願いを聞いてね」

「……っ」

若い男は最愛の恋女房の色気にはどうしたって抗《あらが》えない。苦しそうに呻《うめ》くと、氷川をどっしりとした革張りの黒いソファに押し倒した。

「いい子、いい子、優しく抱いて」

氷川はにっこりと微笑み、清和の下肢に手を伸ばす。ズボンの上からでも若い男の下肢が熱くなっていることがわかった。みっちりとした重圧感に心が高鳴る。

「抱き潰してやる」

清和は不敵に口元を緩めるや否や、氷川のズボンのベルトを乱暴な手つきで外した。発散されるオスのフェロモンが尋常ではない。

「抱いてもいいけれど潰すのは駄目」

氷川が慌てて注意する間に、ズボンと下着が摺《ず》り下《お》ろされてしまう。わざとなのか、下着は右膝《みぎひざ》に引っかかったままだ。

「歩けなくしてやる」

両足を摑まれたと思えば、胸にぴったりとつくぐらい折られた。この姿勢では必然的に最も恥ずかしい最奥を突きだしてしまう。氷川のなめらかな肌に言葉では言いがたい羞《しゅう》恥心《ちしん》が走った。

「……やっ……」

清和に身体の最奥を凝視され、火傷《やけど》するように熱い。氷川は腰を揺すって逃げようとしたが、若いオスを煽るだけだった。

「俺のものだ」

ペロリ、と突きだしている秘部を舐《な》められ、氷川の下肢に火がつく。脳天が痺《しび》れ、もはやいてもたってもいられない。

「……あ……そんなところ……」

「お前は誰のものだ？」

わざとだろうが、一番敏感なところに向かって話しかけられる。氷川は愛しい男を蹴《け》り飛《と》ばしたい衝動に駆られた。……が、下肢に走る快感で思うように動かない。

「……聞かなくても……わかっているでしょう……」

「言え」

執拗《しつよう》に最も敏感な秘所を嬲《なぶ》られ、卑猥《ひわい》な音が絶え間なく響き、氷川の理性がどこかに飛びそうになる。

「……っ……珍しく……よく喋ってくれると思ったら……こんな時に……」

「お前は誰のものだ？」

「……ぼ、僕は清和くんのものだよ……」

「俺のものをどう抱いても俺の勝手だ」

不夜城の帝王はかかあ天下に耐える年下の亭主ではなかった。背中に極彩色の昇り龍を背負った激烈な極道だ。

それでも、氷川は微《かす》かに残っていた理性で言い返した。

「僕は清和くんのものだけど、這《は》ってでもカーレースに行くから」

「…………」

「いい子だから優しく抱いてね」

氷川が真っ赤な目で頼むと、年下の亭主は降参したかのように目を細めた。しかし、分身は熱を持ったままだ。

タイムリミットまでどれくらいあるのか。

愛し合うふたりはひとつにならなければ、どちらの心も鎮まらない。組長室に日本人形の甘い吐息が漏れた。

6

嵐《あらし》の前の静けさか。

意外なくらい落ち着いた空気が流れる夜、氷川《ひかわ》は清和《せいわ》やリキとともに宇治《うじ》がハンドルを握るベントレーでお台場に向かった。吾郎《ごろう》が運転している車には、ショウや卓《すぐる》、酒瓶を離さない木村《きむら》が乗車している。後方には選《え》りすぐりの兵隊たちも続いた。

深夜、待ち合わせ場所には勝負見届け人であるスターターの太夢《たいむ》がいた。いつになく冷静沈着で、審判のように振る舞う。

「眞鍋《まなべ》組並びに寒野《かんの》組、ホスト風情の俺が言うのもなんですが、ドンパチではなくレースを選ばれたんです。血を流す抗争よりいいと思う。公平なレースでカタをつけましょう」

京介《きょうすけ》や吉平《きっぺい》、涼子《りょうこ》もいる。当然、寒野組構成員たちも揃《そろ》っている。それなのに、肝心の寒野組長はいない。清和の背後に控えている腕自慢の兵隊たちがざわめいた。

リキは一通りの挨拶《あいさつ》をしてから、ポーカーフェイスで寒野組長不在を指摘した。

「うちのオヤジ？　オヤジは早寝早起きでもう寝ちゃったんだ。俺で我慢してね」

吉平が無邪気な笑顔を浮かべ、寒野組長不在の理由を明かしたが、誰一人として信じたりはしない。氷川にしてもそうだ。

「いっそ嘘《うそ》をつくならもう少しマシな嘘をついたら」

氷川がポロリと零《こぼ》すと、吉平は破顔した。

「姐《あね》さん、眠くないの？」

「ちっとも眠くありません」

「じゃ、レースの最中、寝られないね」

「僕は初めてなのでわからないけれど、こういうレースで眠れるものなのかな？」

氷川が怪訝《けげん》な顔で首を傾《かし》げると、吉平は栄養剤のドリンクを手に答えた。

「今夜の京介に安全運転はないから覚悟してね。俺も覚悟してる」

「吉平くんが覚悟？」

「俺が京介のサポートとして車に乗り込むから」

吉平が寒野組の車に乗ると太夢に告げると、宇治もサポートとして名乗りを上げた。

……いや、その寸前、清和が言い放った。

「俺がショウのサポートとして乗る」

清和の予定外の行動に宇治や卓、その場にいる眞鍋組の兵隊たちは驚いた。寒野組側も仰天しているし、氷川もびっくりしたが、リキやショウは予想していたらしくあっさりと受け入れる。反対しても無駄だと、リキとショウは諦《あきら》めているのだろう。

「……では、レースのコースを決めよう。眞鍋組も寒野組も今夜、サツが張っていないコースを知っているはずです。ふたつ、候補を挙げてください」

太夢に落ち着いた声で促され、吉平は三峯《みつみね》コースと富士《ふじ》コースを提案した。清和は箱根《はこね》コースと湘南《しょうなん》コースを口にする。

太夢は四枚のエースのトランプにそれぞれのコースをペンで記入した。そうしてコンビニなどでよく見かける抽選箱に入れた。

「姐さんに引いてもらうのが最適です。一枚、引いてください」

太夢に抽選箱を差しだされ、氷川は思いきり面食らった。

「僕が引くの？」

「はい。姐さん以外が引いたら文句が出ると思う」

「いつもこんな抽選？」

予《あらかじ》め、眞鍋組総本部でリキから聞いたカーレースとはだいぶ違う。氷川が目を丸くすると、太夢は苦笑を漏らした。

「違いますよ。極道が仕切る極道のレースはもっと怖い」

「そうだろうね」

「いっそするなら楽しくやりましょう」

太夢にウインクを飛ばされ、氷川は朗らかに笑った。ピリピリとした緊張感が張り詰めた中、ウインクを飛ばせるのはさすがだ。

「楽しく終わればいいね」

「姐さん、楽しく終わらせます」

太夢は自分がスターターに指名され、責任感に燃えているようだ。

「うん、楽しく終わらせよう」

「打ち上げに貝のアヒージョは出さないから安心して」

そろそろ引いてください、とばかり太夢は抽選箱を軽く揺らす。

「そうだね。貝料理は当分の間、控えたほうがいい」

ショウくんが得意なコースでありますように、と氷川は抽選箱に手を突っ込み、一枚のトランプを引いた。ハートのエースには『三峯』と記されている。

「コースは三峯に決まりました。折り返し地点は三峯神社の駐車場、ゴールは吉平推薦の温泉宿です」

三峯コースと言われても氷川はわからないが、ショウや京介は把握しているようだ。なんでも、秩父《ちちぶ》の三峯神社の駐車場まで登って折り返す。ゴール地点は秩父の温泉宿だという。どんな道を通ってもいいし、どこで休憩を取ってもいい。三峯神社の駐車場の写真を撮り、先にゴールに到着したほうの勝利だ。太夢や眞鍋組代表のリキ、寒野組代表の若い構成員はゴール地点の温泉宿に先回りして待機する。

氷川は愛《いと》しい男と目を合わせた。

不安がないと言えば嘘になるが、血で血を洗う抗争になるよりずっといい。言葉は交わさず、視線で語り合う。

清和くん、大丈夫だよ、笑顔で会おうね、と。

氷川は京介と吉平に促され、黒の改造車に乗り込む。清和はショウや涼子とともに赤の改造車に乗り込む。

京介とショウがハンドルを握る車がスタートラインに並んだ。太夢が右手に白百合《しらゆり》のブーケを握り、気障《きざ》ったらしく高く掲げる。

三秒後、白百合のブーケが下ろされた。

その瞬間、京介とショウが運転する車は同時に物凄《ものすご》いスピードで走りだす。

氷川は後部座席に座っていたが、シートベルトを締めていなければ確実に滑り落ちていただろう。

闇《やみ》の中、あっという間に太夢や眞鍋組構成員たちが見えなくなる。

「……うっ……」

スピード違反なんてものじゃない。

ジェットコースターみたい。

涼子さんは平気なのかな、と氷川は心の中で眞鍋の車に乗り込んだ涼子を思う。泣《な》き腫《は》らした目をしていた。

「姐さん、しっかり摑《つか》まってていてください」

京介がアクセルを踏みながら言うと、助手席の吉平は楽しそうに笑った。

「やった〜っ。こんなに上手《うま》くいくとは思わなかったぜ」

「吉平、喜ぶのはまだ早い」

「ショウは肋《あばら》を二本も折っているんだ。楽勝さ」

「吉平も知っているだろう。ショウは肋の二本ぐらいなんでもない」

京介が言った通り、車窓の向こう側では赤い改造車が猛スピードで走っている。眞鍋の韋駄天《いだてん》にダメージは見られない。

「三峯コースなら俺たちの勝利だよ」

こんな時間じゃなきゃ味噌《みそ》ポテトが食べられるのに残念、と吉平はのほほんと秩父名物について語った。

「秩父のどこかに罠《わな》でも仕掛けているのか？」

「罠なんて仕掛けても眞鍋のサメ軍団に潰《つぶ》されるさ。けど、いくらサメ軍団でも三峯神社の神様には敵《かな》わない」

吉平の口からあっけらかんと眞鍋組の諜 報《ちょうほう》部隊が飛びだす。氷川は摑まりながら、京介の返事に耳を傾けた。

「それはいったいなんだ？」

「俺は子連れで秩父の山奥にある三峯神社にせっせとお参りしている。片道でも四時間以上、かかるから大変だけど、三峯神社はマジに関東最大のパワースポットだぜ。衰弱していた利羅《りら》ちゃんが元気になった」

吉平はスマートフォンにぶら下げている三峯神社のお守りを京介に見せた。氷川も後部座席から確認する。

「吉平、おかしな道に走るな」

「おかしな道じゃない。うちの綺羅《きら》くんと利羅ちゃんは味噌ポテトが大好きなんだ。綺羅くんはわらじカツも好きなんだ。利羅ちゃんはチョコとバナナくらいしか食えなかったのに、わらじカツが一口、食えるようになったんだよ」

京介がアクセルを踏み続けても、吉平は楽しそうに子供たちについて語った。どんな猛スピードにも動じないのは元暴走族たる所以《ゆえん》か。

「よかったな」

「三峯神社にお参りする前日は秩父の温泉旅館に泊まって、三人で温泉に入るんだけど、いつまで利羅ちゃんは俺と一緒に温泉に入ってくれるかな？　女の子ってオヤジをいやがるようになるんだろ？」

姐さん、俺の宝物を見て、可愛《かわい》いだろ、と吉平はスマートフォンの待ち受け画面を氷川に見せる。

どうやら、吉平の幼い息子と娘が映っているようだが、氷川は摑まっているのに必死でそれどころではない。

「オヤジをいやがるんじゃなくて、お前自身をいやがるんじゃないか？」

京介は速度を落とさずハンドルを左に切った。Ｆ１レーサー並みのテクニックだ。

氷川の身体《からだ》は派手に揺さぶられ、生きた心地がしないが、決して弱音は吐かない。摑む手と足に力を入れた。

「京介、ひどい。俺がどんなに利羅ちゃんを愛しているか知っているだろう」

吉平はジェットコースターと化した車内でも平然としている。

「知っているから騒ぐな」

「利羅ちゃんが嫁に行ったら俺は憤死する」

「そうか」

京介は煩わしそうに答えると、赤信号を無視して走った。氷川は初めて京介の信号無視を見る。確かに、この信号で止まっていたらショウの車を見失っていただろう。

「京介、そんなに飛ばさなくてもいいぜ。姐さんが今にも気絶しそうだ」

吉平は顔面蒼白《そうはく》で堪《こら》える二代目姐についてサラリと言った。見ていないようで見ている。

「飛ばさないとショウに離されるぜ」

瞬く間にお台場を通り過ぎたが、先頭を進んでいるのはショウがアクセルを踏み続ける眞鍋の車だ。

「ノープロブレム。三峯山で野生の鹿《しか》やら猪《いのしし》やら熊《くま》やら出てきたらショウは事故る。狸《たぬき》が出てきたらパニックになる。ショウの狸恐怖症はガセじゃなかった」

姐さんのおかげでショウに弱点が増えていく、と吉平は妙なテンションで笑った。もちろん、氷川は返事ができない。

京介も風か何かのように流したが、吉平は変なテンションのまま続けた。

「京介は狸が出てきても大丈夫だな？」

「………………」

「京介、無視されたら悲しい」

「運転中だ」

いい加減にしろ、と京介は最新のナビを確認しながら凄んだ。無免許の氷川にしろ、京介が怒る理由はよくわかる。

「……姐さん、ものは相談だけど、眞鍋の二代目からうちのオヤジに乗り換えない？」

吉平はあっけらかんとした調子で、隣の京介から後部座席の氷川に話し相手を変えた。

言うまでもなく、氷川はその内容に仰天した。

「……へっ？」

「ここだけの話、うちのオヤジはホモじゃないんだけど、姐さんを見て一目惚《ひとめぼ》れしちゃったみたいなんだ。いじらしい男心を受け止めてあげてよ」

「……お、お断りします……痛い……」

凄《すさ》まじい速度で走る車内、氷川は無理やり喋《しゃべ》って舌を嚙《か》んでしまった。物理的な痛みで黒目がちな目が潤む。

「……ああ、姐さん、うちのオヤジを拒むから舌を嚙むんだよ」

「……そんなことは……ない……」

「姐さんはオヤジの姐さんになったほうがいいよ」

「僕にその気はありませんっ」

氷川は下肢に力を入れ、険しい顔つきで拒否した。吉平に押し切られたら最後のような気がしてならない。

「俺は女好きだから困るな。いくら姐さんが綺麗《きれい》でも男相手じゃエッチできない」

「僕は清和くんだけです」

「眞鍋の二代目は死ぬよ」

吉平がお天気の話でもするように軽く言っただけに、妙なリアルさがある。氷川にいやな予感が走った。

「……ま、まさか、清和くんにヒットマンを送った？」

「そろそろ、涼子さんが二代目を殺すと思う」

一瞬、何を言われたのかわからず、氷川は瞬きを繰り返した。

「……え？」

「涼子さんは二代目に夢中だったのに、相手にしてもらえなかったから恨んでいるんだ。自分の手で殺したいから協力しろ、ってオヤジに頼んだの」

「……ま、まさか、このシナリオを書いたのは涼子さん？」

氷川の脳裏に清和に捨てられた美女の怨念《おんねん》じみた復讐《ふくしゅう》による抗争が蘇《よみがえ》った。身を切られるように辛《つら》い。

「まんまと二代目は涼子さんの罠にはまったね。サポートとして車に乗り込むなんて、飛んで火に入る夏の昇り龍……じゃなくて夏の虫～っ」

涼子は同じ車内にいるし、ショウは運転に集中しているし、清和は助手席でナビをしているのだろう。後部座席の涼子に警戒しているとは思えない。隠し持っていた拳銃《けんじゅう》で清和を射殺することは可能だろうか。

「……それで？」

「二代目は殺されるからオヤジに乗り換えなよ。オヤジなら姐さんを大事にするよ。ラブラブ夫婦になる」

「君、嘘が下手だね」

氷川が意志の強い目で言い返すと、吉平は驚いたらしく左の五本の指を動かした。

「なんで嘘だって思うの？」

「涼子さんに清和くんに対する殺意があれば、祐《たすく》くんはとうの昔に眞鍋第三ビルから追いだしているよ」

　魔女の底意地の悪さに辟易《へきえき》しているが、その有能さは称賛に値する。氷川は涼子の黒幕説を却下した。

「いくら魔女でも涼子さんの真意は見抜けない」

「魔女に限ってそれはない。今回の魔女のミスは寒野組側についた京介くんぐらいだ。どんな弱みを握ったのかな？　人質でも取った？」

　氷川がたたみかけるように責めると、吉平は楽しそうに声を立てて笑った。

「京介はゾク時代から俺と仲良しだよ。綺羅くんが生まれた時も利羅ちゃんが生まれた時もよくしてくれたんだ。俺もショウにムカついている京介につき合った」

「京介くんにはショウくん以上に大切な子はいない」

　氷川は運転席の京介を意識しながら断言した。ふたりには他人には入り込めない固い絆《きずな》がある。清和やリキ、卓や吾郎、宇治といった眞鍋組の男たちも同じ意見だ。

「……それ、そういうことを言われるのが京介はムカつくんだ、って」

「事実でしょう。京介くんにはショウくんしかいないのに」

「それを言われるとショウを殴り殺したくなるんだ、って」

「京介くん、素直じゃない」

猛スピードで走っていなければ、氷川は運転席の背もたれを叩《たた》いていただろう。京介とショウは変な意地の張り合いをしているように思えてならない。

「うん、京介は昔から素直じゃない。だから、俺とつき合っていられるの」

「京介くんと吉平くんは仲良しじゃなくて、吉平くんが一方的に京介くんに絡んでいるだけでしょう」

「姐さん、それは誤解だ。ショウみたいにベタベタしているわけじゃないけど、俺と京介は仲良しなのよ。同じ小学校に通っていたら交換日記をしていたと思う」

　しばらくの間、京介は運転に集中していたが、華やかな美貌《びぼう》を歪《ゆが》ませながらとうとう口を挟んだ。

「吉平、よくも好き放題言いやがって……」

「京介、事実じゃん。ショウの無茶な特攻の後始末をつけた後、ふたりでよく一緒に夜明けのソフトクリームを食べた」

　ショウはマジにひどかったよね、一言の断りもなくひとりで特攻したからね、なんのためのチームかな、と吉平は在りし日の毘沙門天《びしゃもんてん》について語った。伝説の特攻隊長の武勇伝は有名だ。

「そんなロクでもないことを言っている暇があったら調べろ」

「ソフトクリームが食べられる店を調べるの？　今の時間ならコンビニしかないよ？」

「馬鹿野郎《ばかやろう》、ショウは三峯神社までの最短コースを選ばなかった。先で事故かガキが溜《た》まっているのか、何かあったのかもしれない。調べろ」

京介が指摘した通り、いつの間にか、前方を走っていた眞鍋組の車がいない。ショウが選んだ道を京介が進まなかったのだ。

「勝つのは俺たちだからどの道でもいいよ」

「車やバイクを転がすことだけ、ショウには負ける。このレースも勝つ自信がない」

京介は女性に夢を売る王子様そのものといった調子で明かした。それ故、氷川は敗北宣言だと気づかなかった。

けれども、吉平はきちんと理解していた。

「常勝王子の弱音を初めて聞いたような気がする。俺は感動したね」

「ふざけていないで調べろ」

「三峯神社まで行く必要はない。もうオヤジが眞鍋に乗り込んだ。眞鍋組総本部は寒野組総本部だよ」

ふっふっふっふっふっ、と吉平はスマートフォンを手に鼻で笑った。異常なテンションがさらにおかしくなる。

「吉平、俺にわかるように言え」

「オヤジが外国人団体やホームレス集団や無職軍団を利用して、眞鍋組総本部に殴り込んだ。眞鍋はカタギ相手に乱暴できないよね。昇《のぼ》り龍《りゅう》も虎《とら》も魔女も特攻隊長も橘高《きったか》オヤジも安部《あべ》オヤジもいないもん。うちが勝つよ」

吉平は誇らしげに言い終えると、ナビの隣に設置していたモニターのスイッチを入れた。

深夜、眞鍋興業こと眞鍋組総本部に蕎麦《そば》打ち棒やフライパン、モップなど、日用品を手にした一般の男女が団体で乗り込んでいる。百人や二百人どころの話ではない。まさしく、人の嵐だ。人の団体が途切れない。

『今日からここはうちらのビルだーっ』

『俺たちがここに住んでいいって偉い人に許可してもらったんだ。お前らは出ていけーっ』

『お兄さんたち、いつまでここに居座るの。ここは偉い人のおうちでしょう。今日からここに住むのは私たちよっ』

『あたしはDV夫と息子からやっと逃げてきたの。住むところがなくて困っていたけど、偉い人がここに住むように言ってくれたのよ』

卵焼き器や箒《ほうき》を振り回している団体の絶叫から察するに、偽情報に操られて乗り込んだらしい。一般人相手に屈強な眞鍋組構成員たちは防戦一方だ。

『……うわっ、ここは眞鍋組の総本部だ。素人の来るところじゃねぇーっ』

『……ちょ、ちょっと待て。ここがどこか知らないだろう？　……痛っ』

　半グレ集団や寒野組の東南アジア系構成員が一般人のふりをして、スコップや鎌《かま》、錐《きり》で眞鍋組構成員を攻撃した。

　日本人に東南アジア系にアフリカ系にアラブ系に、あまりにも押し寄せる一般人の数が多すぎる。多勢に無勢、とうとう眞鍋組構成員たちはひとり残らず、『眞鍋興業』の看板を掲げているビルから追いだされた。

『……いったいどうなっているのか、皆目、見当もつかない……いきなりだ……』

　出入り口の前で古参の幹部がリキに連絡を入れ、頭から血を流している構成員が清和に連絡を入れていた。

　これもひとつの抗争の形なのだろうか。これで寒野組が眞鍋組を制圧したことになるのだろうか。

　氷川は驚愕《きょうがく》で声を失ったが、京介は納得したように笑った。

「そういう罠だったのか」

「うん、だから三峯神社に行かなくてもいい。筑波《つくば》の寒野家に向かって」

　吉平はモニター画面で眞鍋組総本部をチェックしてから、ナビに、筑波にある寒野家の住所を打ち込んだ。

「筑波の寒野家でいいのか？」

「このまま寒野組総本部に向かったら、眞鍋の残党に姐さんを取り返されるよ。筑波の寒野家に姐さんを閉じ込める」

「筑波の寒野家に眞鍋組関係者が張っていないか調べろ」

京介が言外に匂《にお》わせたことを吉平は的確に読み取った。すなわち、眞鍋組を支える諜報部隊の存在だ。

「……あ、そだね～っ。サメ軍団なら筑波の寒野家は摑んでいるよね？　……あ～っ、水《み》戸《と》も品川も手が回っているのかな？」

吉平は慣れた手つきでスマートフォンを操作し、寒野組が所有する一軒家やマンションについて調べた。各地の寒野組関係者とラインでやりとりしているらしい。

「……さすが、やるじゃん。サメ軍団」

どこも眞鍋組関係者にマークされているらしく、吉平は不敵にほくそえんだ。バックミラーにはトラックとバイクが映っている。眞鍋組関係者の追跡だろうか。

「吉平、眞鍋をナメるのもいい加減にしろ。姐さんがいなかったら狙撃《そげき》されていたぜ。どこに行くんだ？」

「調布」

「調布だな？」

「寒野組関係のところは全部、眞鍋のマークがついていると思う。眞鍋は仁義を通すっていうけど……俺の大事な宝物が人質に取られたら困るから保護する」

　二代目姐という素人を人質にとったから、吉平は自身の子供の危険を感じたらしい。軽薄な男だが、子煩悩な父親の一面がある。

「今、調布に子供がいるのか？」

「うん、優しいおばちゃんを見つけて、綺羅くんと利羅ちゃんの世話をしてもらっているんだ。眞鍋の奴《やつ》らが出張《でば》ったら、やっつけてね」

　吉平は左手でスマートフォンを操りながら、右手で最新式のナビに調布の住所を打ち込んだ。そうして、氷川に声をかけた。

「姐さん、そういうわけなんだよ。眞鍋組総本部は寒野組がもらったから、姐さんはおとなしくしてね」

　吉平に差しだされたスマートフォンの画面には、眞鍋組総本部の広々とした部屋でバインミーやケバブを食べる国際色豊かな一般人の団体がいた。早くも寒野組構成員たちは『眞鍋興業』の看板を下ろしている。

「吉平くん、清和くんやリキくんたちを眞鍋組の街から引き離したかったんだね」

　眞鍋組二代目組長を乗せた車はあっという間に、秩父の山を上っている。眞鍋組の頭脳は太夢とともにゴール地点の温泉宿に向かっているはずだ。祐が香港《ホンコン》から帰国したという知らせは入らない。

「うん。悔しいけれど、眞鍋の龍虎《りゅうこ》や特攻隊長がいたら総本部に殴り込んでも失敗すると思う」

「綺麗に騙《だま》された」

寒野組は極道界の掟《おきて》を片っ端から破っているように思えてならない。そうでなければ、眞鍋組は本拠地を奪われたりしなかっただろう。

「騙されてくれてグラッツェです。助かったよ。騙されなかったら、オヤジは涼子さんに自爆テロを強制していたよ」

「涼子さんに自爆テロ？」

氷川は聞き間違いだと思って、怪訝な顔で聞き返した。

「眞鍋に勝つためには、涼子さんに総本部で自爆してもらうしかなかったのよ。だってね、オヤジは家やビルを持ってもシマがないもん。支倉《はせくら》組長に対する複雑な思いがいろいろとあるのよ。オヤジは思い詰めていたんだ」

吉平はへらへらと笑いながら、寒野組長の鬱屈《うっくつ》した心について捲《まく》し立《た》てた。涼子は初恋の相手だというが、誠意の欠片《かけら》も持ち合わせてはいない。

「くだらない」

氷川の天女と称《たた》えられた美貌は込み上げる怒気で無残にも崩れた。車内でなければ、吉平の襟首を摑んで問《と》い質《ただ》していただろう。

「くだらないことに血道をあげるのがヤクザだよ。姐さんの清和くんもそうだよね」

「どう考えても、寒野組の戦い方はヤクザじゃないと思うけど」

「うん。ヤクザだったらこんなやり方は取らないよね。寒野組は新しいヤクザを目指しているんだ。姐さんは気に入ってくれるよ。だから、寒野組初代姐になってね」

吉平の頭の中はどうなっているのか、氷川は覗《のぞ》いてみたい衝動に駆られる。周囲の摩訶《まか》不思議《ふしぎ》な構成員や小田原《おだわら》の無邪気な父子、変人医師たちとはまた違った思考の持ち主だ。

「吉平くん、むちゃくちゃ」

「眞鍋の二代目もむちゃくちゃをやってきたんだよ。ひどいじゃん。邪魔だからって殺していいと思っているの？」

眞鍋の昇り龍は刃向かう者には容赦しない。己に逆らった者は古参の幹部であれ、恩人の関係者であれ、容赦なく屠《ほふ》ってきた。

「僕の清和くんを貶《けな》すのは許さない」

「姐さんだって二代目に怒りまくっているじゃん」

「僕が僕の清和くんを怒るのはいいんです」

氷川が毅然《きぜん》とした態度で宣言すると、吉平は感嘆の声を上げた。

「眞鍋の組長は橘高清和じゃなくて氷川諒一《りょういち》だって聞いたけど本当だったんだ。涼子さんも霞《かす》むぐらい綺麗なのに怖いな」

「僕を拉致《らち》するなら覚悟しなさい」

氷川の瞼《まぶた》に怒髪天を衝《つ》く清和が過《よぎ》った。京介がいるからか、不思議と恐怖感はない。

「ちょっとの間だけでいいからおとなしくしていてね」

「僕を人質にして清和くんに害を与えたら許さない」

「だから、俺たちの望みは眞鍋組のシマの南なんだ。それが手に入れば、いじめたりしないよ。ちょうだいね」

寒野組の要望を聞き入れたら眞鍋組はやっていけない。

眞鍋組がこのまま解散してくれたらいいな、と氷川はチラリと思ってしまう。愛した男は骨の髄まで極道だと何度も耳にしたけれども。

「清和くんたちと共存できますか？」

「仲良くするよ。お隣さんになるんだもん」

「お隣さん？」

「俺は桐嶋《きりしま》組長と仲良しになりたいんだ。桐嶋組長と仲良しの眞鍋の二代目とも仲良しになれると思うよ」

吉平の言動にはなんの誠意も感じられず、まともに対峙《たいじ》していることが馬鹿らしくなってしまう。氷川はきつい声音でばっさりと切り捨てた。

「吉平くんの言葉が何一つとして信じられない」

「可哀相《かわいそう》に、人間不信になっちゃったんだね。祐とつき合っていたらそうなるよ。……うんうん、わかるよ」

「僕は人間不信ではありません。信じられないのは、吉平くんの言葉です」

「俺も人間不信じゃないよ。一緒だね。俺のママは最低だったけど、実のパパは優しかったんだ。寒野のオヤジには昔から可愛がってもらったんだよ」

氷川と吉平の間でどうにも嚙み合わない言い合いが続く。京介は口を挟まず、アクセルを踏み続けた。

そうして、吉平が指示した調布の一軒家に辿《たど》り着《つ》いた。最寄り駅からだいぶ離れているらしいが、都内とは思えないぐらい豊かな自然に囲まれている。『大江《おおえ》』という表札が掲げられた一軒家の高い門の向こう側には、白いブランコや砂場がある庭が広がっていた。

京介は駐車場に車を停《と》める。

「姐さん、お願いだから暴れないでね。うちの綺羅くんと利羅ちゃんを起こさないで」

吉平は父親としての悲哀を滲《にじ》ませて言うと、助手席から降りて氷川のために後部座席のドアを開けた。

「息子さんと娘さんはお父様が何をしているのか、ご存じなのかな？」

氷川は嫌みっぽく言いながら後部座席から降りる。一般家庭の駐車場にしては広く、赤のアストンマーチンやチャイルドシート付きの白のプリウス、七七五ccの大型バイクがあった。補助椅子《いす》付きの大きな自転車、ピンクのベビーカーや青い三輪車がサッカーボールとともにある。吉平の二面性を如実に表しているかのようだ。

「知るわけないじゃん」

し～っ、と吉平は口の前で人差し指を立てた。京介は運転席から降りると、挨拶もせずに駐車場のドアから家屋内に入っていく。

「……京介くん？」

氷川は追いかけようとしたが、吉平に遮られてしまった。とおせんぼ、と左右の手を大きく広げる。

「姐さん、ちょっと待って」

「君は父親でありながら、息子と娘に言えないことをしています。よく覚えておきなさい」

「姐さん、ウザい」

吉平は吐き捨てるように言うと、ボタンを押して駐車場のシャッターを下ろした。果たせるかな、駐車場は埃《ほこり》っぽい密室になる。

「僕はこんなところに連れてこられて不本意です」

「寒野組の初代姐さんとして生春巻きのおもてなしをするつもりだったけど、シャブのおもてなしに変更するね」

吉平は大型バイクの後ろにあったパイプ椅子を、座れ、とばかりに氷川の前に置く。

「……シャブ？　覚醒剤《かくせいざい》？」

氷川は椅子を拒否し、吉平に阻まれてしまう。顔はへらへら笑っているが、目つきは鋭い。

だがやはり、京介が消えたドアに進む。

「……あれ？　知らなかったの？　オヤジはシャブの売買でお金を稼いだんだよ。うちにいる東南アジア系の構成員たちはみんなシャブ関係」

吉平には覚醒剤に対する嫌悪感がないように思えた。極道界において覚醒剤などの麻薬を扱う暴力団は『薬屋』と蔑称《べっしょう》で呼ばれ、軽蔑《けいべつ》されるというのに。

「君は大事な息子と娘にも覚醒剤を打つつもりですか？」

「覚醒剤じゃなくてビタミンCやコラーゲン注射を打て、って教育するから大丈夫だよ」

「因果応報、やったらやり返される。君が僕に覚醒剤を打てば、君の大事な子供たちも誰かに拉致されて覚醒剤を打たれるでしょう」

因果応報、という言葉は吉平にとって地雷だったらしい。不気味な迫力を漲《みなぎ》らせ、氷川に詰め寄った。

「俺の実のパパは眞鍋組の加藤《かとう》っていう幹部だった。出世して若頭にもなったんだ。知っているよね？」

清和が意識の戻らない実父の跡を継ぎ、二代目組長に就任した時、若頭には加藤という古参の幹部が就いた。新しい眞鍋組を模索する清和と古いタイプの極道は相容《あいい》れない。結果、始末された。……突然死に見せかけて始末されたという噂《うわさ》だが。

「……え？　あの加藤さん？」

氷川が驚愕で目を瞠《みは》ると、吉平の周りの空気がさらに重くなった。

「二代目組長たちは知らなかったみたいだね。俺は加藤パパと愛人の息子だった。加藤パパは認知してくれなかったけど、生活費はちゃんとくれたし、ママが若い男と逃げても俺を可愛がってくれたんだ。加藤のアニキも可愛がってくれた」

吉平の口ぶりから加藤父子に溺愛《できあい》されていたことがわかる。加藤は橘高に見込まれるだけあって、悪い男ではなかったという。あまりにも古すぎて、清和の正義が理解できなかったのだ。

極道界に限った話ではないが、時に正義が違うだけで衝突する。

「……加藤さんは……父親と息子は……息子は京子《きょうこ》さんに操られて眞鍋組の三代目組長に……ひどい抗争を……」

加藤の息子といえば、清和に捨てられた京子の怨念じみた復讐による抗争を瞬時に思いだす。だいぶ昔のように思えるが、去年のことだ。眞鍋組初代組長の呼吸が止まった瞬間、京子の奸計《かんけい》により、清和が二代目組長の座を追われ、血で血を洗う戦いに発展した。挙げ句の果てには、京子が清和諸共《もろとも》道連れに自爆しようとしたのだ。氷川の心が痛み、無意識のうちに身体が震える。今でも思いだすだけで辛い。なんの罪もない裕也《ゆうや》の母親が無残にも殺されている。

「うん。俺が海外で遊んでいる間に、加藤パパが眞鍋の二代目に殺されちゃった。俺が許欺でムショにいる時に加藤のアニキが戦争をしかけて殺されちゃった。因果応報なら二代目も悲しい目に遭わなきゃ駄目だよね？」

二代目組長の一番大切な者を壊してやる、と吉平は初めて阿修羅《あしゅら》のような顔で凄んだ。つい先ほどまでの軽薄なムードは微塵《みじん》もない。

母親に似たらしく加藤には似ても似つかない。だが、ここで初めて氷川は吉平が加藤の血を引くヤクザだと感じる。

「加藤さんと息子さんは自業自得です」

氷川が怯《ひる》まずに言い切ると、吉平はコンクリートの床に積んでいたタイヤの中からポーチを取りだした。果たせるかな、ポーチから注射器と覚醒剤が出てくる。

「……じゃあ、姐さんもシャブ漬けにされるのは自業自得だね。腕を出して」

吉平は注射器を手に迫ってくるが、氷川はジリジリと壁伝いに逃げた。

「君、注射を打つのが下手そうだからいやです」

「二代目より上手いと思うよ」

「僕に覚醒剤を注射したら君は終わりです。清和くんは君を許さない」

「姐さんがシャブ中になれば二代目のメンツは丸つぶれ。心置きなく捨てるよ」

清和が組長代行として眞鍋組の金看板を背負った時、覚醒剤の売買を御法度《ごはっと》にした。それでも、大きな利益が見込める覚醒剤に手を出す構成員が後を絶たなかった。清和は容赦なく破門にしたはずだ。

「本当にそう思う？」

「そだね〜っ。二代目は姐さんにベタ惚《ぼ》れだもんね〜っ。二代目は姐さんがシャブ中になっても捨てない。それでもメンツは潰れる。ざまぁみろ」

吉平の口調は軽薄だが、表情と声音はヤクザそのものだ。ガツンッ、と氷川目がけてパンジーの植木鉢を蹴《け》り飛《と》ばした。

咄嗟《とっさ》に氷川は飛んできた植木鉢を避《よ》ける。

「僕は覚醒剤を打たれても中毒にはなりません」

「無理だよ。シャブは一度でも打たれたら終わり。俺のママも若い男に打たれた一度のシャブでズブズブになった。俺を捨てたんだ」

注射器を持った吉平に追い詰められ、氷川はとうとう壁を背に息を吐いた。もう逃げられない。

「じゃあ、試しに一度、打ってごらん。僕は耐えてみせるから」

「強がるのもそこまでいけばすごいな」

「僕はどうして京介くんが寒野組に手を貸したのか不思議だった。京介くんは組長じゃなくて君のために手を貸したんだよね？　京介くんが手を貸した君がそんなひどい男だとは思えないんだ」

京介くん、いったい何をしているの、と氷川は心の中でドアの向こう側に消えた華やかなゴジラを呼んだ。

「馬鹿だね。京介には金を積んだの」

吉平はニヤニヤと下卑た笑いを浮かべ、凄まじい力で氷川の左腕を摑んだ。

「京介くんにお金を積《ほど》んだ？」

氷川が吉平の手を解こうとしても解けない。体格の差が腕力にも如実に現れている。噛みつく隙《すき》を狙《ねら》った。

「京介はショウに愛車を潰されるし、マンションを水びたしにされるし、馬鹿高いスーツもゲロまみれにされるし、いろいろと物入りだったんだよ」

「嘘つき、お金だったら眞鍋のほうが京介くんにたくさん積む。新車も新しいマンションも新しいスーツも進呈する」

氷川が声高に断言した時、ドアの開閉の音とともに京介のいつになく爽《さわ》やかな声が聞こえてきた。

「……さぁ、綺羅くん、この綺麗なメガネのお兄ちゃんに覚えがあるかな？」

京介の左右の手はパジャマ姿の幼い男女と繋《つな》がれていた。

吉平の顔から一瞬にして狂気が消える。確かめるまでもなく、幼い男女は吉平が溺愛している息子の綺羅と娘の利羅だ。

「京介、なんでこんなところに連れてくるんだっ」

吉平が血相を変えて注射器を隠すや否や、眠そうな男児が目をゴシゴシと擦《こす》ってから叫んだ。

「……あ？　あ～っ、チョコバナナのお兄ちゃん、チョコバナナのお兄ちゃんだよーっ」

綺羅は京介の手を解くと、氷川に向かって元気よく駆けだした。そうして、勢いよくぴょんっ、と氷川に抱きつく。

「……え？」

氷川は予想だにしていなかった展開に驚愕したが、抱きついてきた綺羅を落としたりはしない。裕也と同じぐらいか、少し幼いか、それぐらいの男児だ。

「チョコバナナのお兄ちゃんだ。ずっと会いたかったんだ。会いたかったから三峯神社の神様に頼んだの。やっと会えた～っ」

綺羅はつぶらな目を輝かせ、鼻息荒く語った。京介と手を繋いでいる利羅は、花冠を手にもじもじしている。

吉平はよほど驚愕したらしく、派手に上体を揺らした。

「綺羅くん、チョコバナナのお兄ちゃん？」

チョコバナナに小さな兄と妹、と氷川の瞼に祐から大量に送られ続けた台湾バナナの後始末が蘇る。……否、後始末ではなく、桐嶋のシマで行われた祭りにチョコバナナの屋台を出したのだ。眞鍋組の兵隊たちはハチマキと半被《はっぴ》でチョコバナナ屋台のスタッフになり、氷川もハチマキを締めて、子供たちに無料でチョコバナナを配った。

「……え？　……あれ？　君はあのお祭りの時にチョコバナナの屋台に来ていた男の子？　妹思いの優しいお兄ちゃんだったよね？」

祭りでは男児にチョコバナナを渡すと、妹の分もせがむケースが何度かあった。目の前にいる男児にも、氷川は妹の分のチョコバナナをあげた記憶がある。

『お兄ちゃん、妹の分もちょうだい』

『いいよ、優しいお兄ちゃんだね』

『あのね、おうちに妹がいるの』

あの祭り、氷川は妹のために差しだした小さな手にチョコバナナを二本、握らせた。嬉《うれ》しそうに去っていく小さな背中を見送ったのだ。

「メガネのお兄ちゃん、そうだよ。ママがいないからお腹《なか》ペコペコで僕も利羅ちゃんも悲しかったの。お兄ちゃんのくれたチョコバナナ、すっごくすっごくすっごくすっごく美味《おい》しかったよ」

スリスリスリッ、と綺羅が甘えるようにぷっくりとした頰《ほお》を氷川の胸に擦《こす》りつけた。

「よかった」

「そのね、ママがいなくなって、お腹ペコペコで利羅ちゃんが動けなくなったの。お兄ちゃんがくれたチョコバナナを利羅ちゃんはモグモグしたら動いたの。それでふたりで窓から出て寒野のおじちゃんに会ったの」

綺羅は無邪気な笑みを浮かべて嬉しそうに語ったが、氷川はその内容に心が軋《きし》んだ。どうしたって、実母に育児放棄されていた小さな清和が重なる。祭りの時、ガリガリに痩《や》せていたし、着ていたシャツも汚れていたから気になったが、殴打の痕はなかった。虐待ではないと判断したが甘かったのか。あの場でシャツの下を確認するのは躊躇《ためら》われたが。

そんな氷川を察したのか、京介が優しい声音で説明した。

「メガネのお兄ちゃん、聞いてください。吉平はふたりも子供がいる父親なのに馬鹿すぎて、ムショにブチ込まれました。その間、嫁さんが綺羅くんと利羅ちゃんの面倒を見ていたんですが……まぁ、子供の前で言うのもなんですが、俺の後輩ホストにハマって育児放棄です」

「……育児放棄？」

「テーブルにほんの少しパンを置いて、子供が中から出られないように出入り口に布テープを貼《は》ってから、ホストと同棲《どうせい》するようになりました」

ホストにしてみれば色恋営業の延長ですけどね、と京介はホスト側の真意を小声で続けた。歌舞伎町《かぶきちょう》では掃いて捨てるほど転がっている話だ。

「……そ、それで？」

「子供たちはママを待っていましたが、いつになっても帰ってこない。とうとう利羅ちゃんの衰弱が激しくて動けなくなったそうです。綺羅くんは台所の小さな窓から外に出ることに成功して、街を歩いて、楽しそうなお祭りに飛び込んだそうです」

間一髪、神仏は幼い子供を見捨てなかった。

「……あ、あぁ、そうだったのか」

「綺麗なメガネのお兄ちゃんにチョコバナナをもらって綺羅くんは力が出たし、利羅ちゃんも大好きなチョコバナナを食べて、ようやく動けるようになったらしい。ふたりで台所の小さな窓から脱出しました。それで寒野組長に保護され、助かったんです」

寒野組長に子供たちを保護されたら、吉平も頭が上がらなくなるだろう。京介の口から語られた経緯で氷川は納得する。もっと言えば、ほっとした。

「……よかった……よかったね……」

どうしてあのお祭りの時に気づいてあげられなかったのか、と氷川は綺羅の小さな身体を抱き締めながら悔いた。

「姐さんがチョコバナナをあげなかったら、綺羅くんも利羅ちゃんも危なかったと思う。

命の大恩人です」

京介がホストというより教育番組の爽やかお兄さんのような顔で言うと、利羅がヨチヨチと氷川に近づいた。

「メガネのお兄ちゃん、チョコバナナ、あ〜とう」

利羅は背伸びをすると、造花の花冠を氷川の頭に被《かぶ》せた。

「……え？　花冠？」

氷川が仰天して声を上げると、利羅と綺羅は屈託のない笑顔ではしゃいだ。綺麗、綺麗、と。

「僕の思った通りだ。メガネのお兄ちゃんにはハチマキより花冠が似合うよ。利羅と一緒にお花で冠を作ったんだ」

綺羅がドヤ顔で言うと、利羅もコクコクと頷《うなず》いた。

「うん、お姫様みたい。綺麗」

「チョコバナナ屋台のメガネのお兄ちゃんがハチマキを巻いていたけど、メガネのお兄ちゃんにはハチマキより花冠が似合うって綺羅くんが言って、利羅ちゃんと一緒に花冠を作ったんです。ただ、生花で作っても上手く作れないし、会えないから枯れるし、百均の造花で作ったのは大目にみてください」

京介の説明が終わる前に、ぶわっ、と氷川の涙腺《るいせん》が壊れる。細い腕で綺羅と利羅、小さな兄と妹を力の限り抱き締めた。

「……っ……綺羅くん、利羅ちゃん……す、す、素敵な花冠をありがとう。メガネのお兄ちゃんはとっても嬉しいよ……」

胸が熱くて熱くてたまらない。感情が込み上げて舌がもつれて上手く喋れない。それでも、氷川は全精力を注いで感謝を伝えた。

「メガネのお兄ちゃん、どちて泣いちゃうの？　いじめられたの？」

綺羅は氷川の涙が理解できず、きょとんとした。

「綺羅くん、メガネのお兄ちゃんは嬉しくて泣いているんだ。ありがとう。いい子だね。綺羅くんは利羅ちゃんを守ったんだね」

「うん。利羅ちゃんと一緒にパパを待ったの。やっとパパが帰ってきてくれて公園に連れていってくれたの」

「よかったね」

氷川は小さな兄と妹を抱き締めたまま、大粒の涙を流し続けた。綺羅と利羅が自分のパジャマの袖《そで》で拭《ぬぐ》ってくれるからさらに涙が溢《あふ》れる。

それまで、木偶《でく》の坊《ぼう》と化していた吉平が独り言のようにボソリと零した。

「……京介、これか……これを俺に見せるために、京介は俺に手を貸してくれたのか……」

吉平は京介が自分に協力した理由に気づいたらしい。どうやら、最初から京介がショウを裏切るはずがないと疑っていたような気配がある。

「綺羅くんに確認させないと、頑固なお前は信じないと思った」

人間不信のお前は自分の目で見て納得しないと信用しない、と京介はメスで整えたような目で語った。

「……それでわざわざここまでしたのか……」

吉平が惚けた顔で大袈裟《おおげさ》に肩を竦《すく》めると、京介は呆《あき》れ顔《がお》で手を振った。

「綺羅くんからチョコバナナと綺麗なメガネのお兄ちゃんの話を聞いて、俺はすぐに眞鍋組の姐さんだと思った。どうして気づかないんだ？」

「綺羅の話を聞いて、俺も大恩人が誰か調べたさ。桐嶋組長が仕切った祭りだったから、桐嶋組関係の人だと思っていた……けど、すぐ寒野さんの寒野組旗揚げの話で忙しくなってそれどころじゃなくなった」

吉平がどこか遠い目でつらつらと連ねると、京介は忌々《いまいま》しそうに前髪を搔《か》き上《あ》げた。

「お前はいつもツメが甘い」

「……ああ、まさか、家庭的なのがウリだった七つ年上の嫁さんが育児放棄するなんて夢にも思わなかった」

吉平が小声で育児放棄した妻を謗《そし》ると、京介もヒソヒソ声で返した。

「嫁さんだけを責めるな。女癖が悪いうえに犯罪者になったお前に問題がある」

CHŌFU
わ12-34

「俺は家も生活費も用意していたぜ。だから、嫁さんはジュリアスで豪遊できたんだ」

「とりあえず、姐さんが大恩人だとわかったな」

京介が確かめるように言うと、吉平が大きく頷いた。

「……あぁ、ふたりが餓死しなかったのが奇跡だ。寒野のオヤジが保護してくれた時、利羅ちゃんはまともに歩くこともできなかったし、栄養失調のガリガリで白米を食うこともできなくなっていたからな……」

あの状態でよく脱出できた、と吉平はどこか遠い目で独り言のように呟《つぶや》く。奇跡に奇跡が重なったようだ。

「大好物のチョコバナナだから利羅ちゃんは食べられたんだろう」

「チョコバナナの礼はチョコバナナで返す」

吉平が氷川への謝礼を口にした時、いきなり、眞鍋の特攻隊長の雄叫《おたけ》びが響き渡った。

「バナナはやめろーっ」

開け放たれたドアの前、赤のライダースーツに身を包んだショウがいる。その傍らには眞鍋組の二代目組長や宇治、勝負見届け人である太夢もいた。氷川は幼い兄と妹を抱き締めたまま、愛しい男を確認する。

眞鍋の昇り龍は凄絶《せいぜつ》な殺気を漲らせていた。

けれど、吉平はのほほんとしていた。

「ショウ、どうしてこんなところにいるんだ？」

「吉平、バナナだけはやめてくれ」

ショウが髪の毛を掻《か》き毟《むし》り、バナナを全身で拒否する。魔女のバナナ攻めのターゲットは氷川だが、怖い物知らずの鉄砲玉や宇治など、若い兵隊がダメージを受けていた。

「チョコバナナは偉大だ」

「バナナはやめろ。死人が出るぞ」

「……で、山道を上っていたんじゃないのか？」

吉平はショウを追跡させていた寒野組構成員から報告を受けていたらしい。突如、太夢まで引き連れて出現したから驚いている。

「そんなの、三峯神社まで上がって下りてきたさ」

「すごいな。ワープでもしたのか？」

「俺を誰だと思っている？」

ショウが挑むような顔で距離を詰めると、吉平は誇らしそうに言い放った。

「最速の男、我らが毘沙門天の特攻隊長」

一瞬にして、ショウと吉平が昔の仲間に戻った。そんな空気が流れる。最速の男は腕を組んでふんぞり返った。

「わかっているじゃねぇか」

「またの名を最速で女にフられる男」

瞬時にショウと吉平の間に微妙な空気が流れる。くわっ、と不名誉な別名を持つ特攻隊長は牙《きば》を剝《む》いた。

「そのまたの名はいらねぇっ」

「女がいなくても京介がいるからいいじゃねぇか。もう少し優しくしてやれよ」

「爬虫類《はちゅうるい》男に優しくする必要はねぇ」

キリキリキリキリキリッ、とショウは憎々しげに歯を噛み締め、横目で京介を睨《にら》みつける。今にも殴りかかりそうな雰囲気だ。

「おいおい、俺が京介とふたりきりで夜明けのソフトクリームを食べたら、妬《や》いて怒って暴れたのは誰だ？」

「俺に了解も取らないで、ソフトクリームを食べるキサマらが悪い」

ショウと吉平の程度の低い言い合いは、どう考えても教育上、よろしくない。何より、氷川の腕の中にいる男児と女児は眠そうだ。氷川の懸念に気づいたのか、京介が綺羅と利羅を連れ、地下室から出ていった。

それでも、ショウと吉平は睨み合いながら言い合っている。

「ショウ、相変わらず、ワガママだな」

吉平が呆れたように肩を竦めると、ショウは凄まじい勢いで詰め寄った。グイッ、と襟首を摑んで締め上げる。

「それはキサマだ。京介をロクでもないことに巻き込むな」

ショウにどんなに襟首を締め上げられても、吉平の態度は変わらなかった。

「普段、京介を振り回しているのは誰だ？」

「俺は京介を振り回してはいねぇ」

ショウの言い草に目眩《めまい》を感じたのは氷川だけではない。吉平も指でこめかみを揉《も》んだ。

「ショウ、未《いま》だに自覚がないのか」

止めないといつまでも続きそうなショウと吉平の言い合いを、清和がこれ以上ないというくらい激烈な迫力で止めた。

「寒野組若頭、大江吉平、覚悟はできているな？」

眞鍋の昇り龍が吉平を追い詰めようとした矢先、氷川は花冠を大事に抱えながら口を挟んだ。

「清和くん、綺羅くんと利羅ちゃんのパパに手を出したら承知しない。許さないよ」

「……おい」

清和の雄々しい眉《まゆ》が顰《ひそ》められたが、氷川は怯んだりはしなかった。小さな兄妹《きょうだい》から無邪気な笑顔を奪ったりはしない。

「綺羅くんと利羅ちゃんのパパにひどいことをしたら、今度こそ、僕は命がけで眞鍋組を眞鍋食品会社にするから」
覚悟してね、と氷川が般若《はんにゃ》のような顔で睨み据えると、ショウと宇治は同時に低い悲鳴を漏らした。
「……ひっ」
背中から倒れそうになるショウと宇治を支えたのは、毘沙門天の仲間だった太夢だ。
「京介が寒野組についたわけがわかったよ。綺羅くんと利羅ちゃんのためだったんだな。
寒野組について見張っていないと、寒野組長や吉平が姐さんに何をするか心配だったんだ
ろう。姐さんに何かしたら、そこで終わりだもんな」
太夢はそこまで言うと、いきなり清和に向かって土下座で詫《わ》びた。
「……見ての通り、姐さんはご無事です。吉平は姐さんにお触りしていません。どうか吉
平を許してやってください。こんな奴ですが、京介が庇《かば》うだけあっていい奴なんです。何
度もチームのために身体を張ったんです」
太夢が土下座で謝罪すると、吉平も埃まみれの床に手をつき、頭を擦りつけて詫びた。
「二代目、申し訳ありません。俺は子供たちのため、ここで始末されるわけにはいきませ
ん。許してください」
吉平は男としてのプライドをかなぐり捨て、子供たちのために清和に許しを請う。すか
さず、宇治もコンクリートの地面に手をついた。

「二代目、姐さんにしようとしたことを考えれば魚の餌《えさ》にして当然ですが、京介が自分を盾にして姐さんをお守りしました。どうか許してやってください」

宇治に続き、あれほど言い争っていたショウまで土下座で庇った。

「二代目、姐さんを拉致っただけでも許せねぇけど、これで吉平を始末したら、京介も姐さんも怖い。子供も可哀相っス。助けてやってください」

眞鍋組の特攻隊長や武闘派幹部候補、みかじめ料をきっちり支払っているホストクラブの代表がいっせいに土下座で庇えば、さすがに不夜城の覇者も怒りのボルテージが下がる。何より、最愛の姉さん女房のプレッシャーが凄まじい。

清和くん、これで吉平くんを許さなかったら組長の資格はない、と氷川は心の底から力んだ。橘高の度量の広さを見習え、とも。

「……寒野組若頭、加藤の愛人の子だと報告があったばかりだ」

加藤の息子なら俺を恨んでいるな、と清和は言外に匂わせている。清和自身、加藤父子には複雑な思いがあるのだろう。特に息子との抗争の時には、なんの罪もない裕也の母親が犠牲になっただけに怒りが根深い。

「父親や異母兄が敵わなかった相手に俺が勝てるわけがない。身に染みました」

敵討ちより子供たちの未来、と吉平の目は雄弁に語っている。彼にとっての正義が子供たちだから信用してもいい。

「どうカタをつける?」

「俺はカタギに戻ります」

「……わかった」

清和が低い声で言うと、ショウや宇治、太夢たちから安堵《あんど》の息が漏れる。吉平は肩を震わせ、頭を床に擦りつけた。

「許してくださってありがとうございます」

「二度と俺の女房の前にツラを出すな」

「はい……で、夜が明ける前に眞鍋組総本部から寒野組長やカタギ団体を追いださないとヤバいです。夜が明けたら、寒野組長のバックが乗り込んでくる」

吉平は真顔で寒野組による眞鍋組総本部攻略のシナリオを明かした。眞鍋組は一般人の団体相手に頭を抱えているはずだ。

「バックはどこだ?」

「長江《ながえ》組です」

吉平が寒野組の後ろ盾を明かした瞬間、ショウと宇治は物凄い勢いで立ち上がった。

「二代目、ここでガタガタ言っている間はねぇ」

ショウが出入り口に向かって走りだすと、宇治は真剣な顔で言った。

「二代目がシマに戻らないと話になりません」

舎弟たちに言われるまでもなく、清和は氷川の腕を摑んで歩きだした。

もはや、寒野組の元若頭に構っている余裕はない。長江組は関西に拠点を置く広域暴力団であり、ありとあらゆる面で眞鍋組を凌駕《りょうが》する。

「二代目、吉平に対する説教は俺と京介に任せてください」

氷川は背中で太夢の声を聞きながら、ほっと胸を撫《な》で下《お》ろした。ひとまず、けなげな子供たちを泣かせなくてもすむ。

生涯、綺羅と利羅にもらった花冠は手元に置くつもりだ。

7

ショウがハンドルを握る車は、夜の静寂に包まれた住宅街を猛スピードで走り抜ける。伝説の特攻隊長にしては、だいぶ速度を落としているようだ。カーレースの時とはまるで違う。

「ショウくん、飛ばしていいよ。今夜はスピード違反に目を瞑《つぶ》る」

氷川《ひかわ》は長江《ながえ》組の出現に気が気でないが、隣の清和《せいわ》は平然としているし、運転席のショウにも焦燥感は感じられない。

「姐《あね》さん、舌を噛《か》むっス」

ショウは軽く注意してから高速に入った。物品配送だろうか、上下線ともにトラックやダンプカーが目につく。ショウや清和から察するに、寒野《かんの》組や長江組のヒットマンが乗っている危険はないようだ。

「早く行かないと大変なことになるでしょう。長江組に出てこられたら眞鍋《まなべ》組はどうなるの？」

長江組がどんなに巨大で凶暴な組織か、メディアでも幾度となく取り上げられている。極道史に刻まれた数々の抗争を制してきた暴力団だ。

「姐さんと二代目は命に替えて守るっス」

「そんなことを言っているんじゃないっ」

氷川が強い語気で言うと、ショウはバックミラーを確認しながら本心を吐露した。

「あ～っ、寒野組にどこかバックがついているとは思ったけど、長江組とは思わなかった。フェイントっス」

前方を走るグレーのセダンと後方を走る軽トラックには、腕利きの眞鍋組関係者が乗車しているという。ほかにも眞鍋組二代目組長夫妻の護衛がいるらしいが、どの車やバイクなのか、氷川には教えてくれなかった。

「長江組は東京への進出を諦《あきら》めていなかったんだ」

「長江組に限って東京進出は諦めねぇっス」

長江組が暴力団の一本化を目論《もくろ》んでいることは間違いない。だからこそ、関東の大親分たちは共闘共存を掲げ、長江組の進出を阻んできた。眞鍋組はぽっと出の寒野組と揉《も》めている場合ではない。もっとも、言い替えれば、関東の大親分たちが共闘しているから、寒野組は長江組に助けを求めたのだろう。かつて清和の宿敵であった元藤堂《とうどう》組初代組長が最後の戦いに際し、長江組の傘下に入ったように。

「……あ、この際、寒野組に眞鍋組のシマを全部あげたら、眞鍋組は自然消滅できる？長江組と対立することもないよね？」

氷川が胸を弾ませて言うと、清和の男らしい眉《まゆ》が歪《ゆが》められる。ショウはハンドルに前のめりに顔を寄せた。

「姐さん、恐ろしいことを考えないでくれっス」

「寒野組にシマをあげて、ビルとかの不動産代金はちゃんと払ってもらって、その資金で眞鍋食品会社を設立しよう。みんなで健康的で美味《おい》しいソーセージやハンバーグを作って売ろうよ」

氷川が明るい未来を語るとショウは顔を上げ、これ以上ないというくらい猛々《たけだけ》しい声で拒絶した。

「姐さん、眞鍋が売るのは漢《おとこ》っス」

「清和くんは代表取締役社長《だいひょうとりしまりやく》、リキくんは専務、ショウくんは販売担当、卓《すぐる》くんは営業担当、宇治《うじ》くんが配送担当……」

魔女には何を担当させよう、と氷川が悩む間もなく、ショウの野獣の咆哮《ほうこう》じみた声に遮られた。

「……うぉぉぉぉ〜っ、姐さん、飛ばします。摑《つか》まりやがれっスーっ」

スピードが上がり、氷川は後部座席から摺《ず》り落《お》ちそうになるが、すんでところで清和の大きな手によって支えられた。

「……っ？」

「俺も二代目もヤクザ以外は無理っス」

眞鍋組の切り込み隊長から、眞鍋食品会社に対する拒絶感が発散される。暴走族上がりの元やんちゃ坊主は、一般の世界では生きられない。

「……もう……」

「姐さんもさっさと諦めて裸エプロンの専業主婦になるっス」

「……は、裸エプロンの専業主婦？」

「裸エプロンで二代目に健康的で美味いハンバーグやソーセージを食わせやがれっス」

ショウはアクセルを踏み続け、深夜の高速を下り、瞬く間に千鳥足の男女が目立つ不夜城に入る。ネオンの洪水の中、普段と同じように客引きの黒服や媚《こ》びを売る夜の蝶《ちょう》が街角に立っていた。ナンバーワンホストがいなくてもホストクラブ・ジュリアスは営業しているし、手当たり次第、女性に声をかけるキャッチも多い。警察官の姿も見えず、何事もなかったかのようだ。

「清和くん、警察に通報してくれないよね？」

氷川の眼底には一般人の団体に占拠された眞鍋組総本部が浮かぶ。夕食を食べた後、布団を敷いて寝ているのだろうか。

「当たり前だ」

「僕が通報したら怒るよね」

氷川は聖母マリアのような微笑を意識したが、清和の目は非難の色が強くなる。心なしか、車内の温度が下がった。

「よせ」

「一般人の皆さんにバズーカ砲は向けないよね？」

「ああ」

「どうやって、立ち去ってもらうの？」

寒野組に利用された国際色豊かな集団に退去してもらうのは難しそうだ。間違いなく、全員、衣食住のすべてに貧窮している。いかにもといったホームレスの集団も説得に応じるとは思えない。

「お前が気にすることじゃない」

清和に有無を言わせぬ迫力で咎《とが》められたが、氷川はまったく意に介さない。何しろ、国際色豊かな集団も気の毒だ。

「心配するに決まっている。日本語がわからない人も多かったみたいだ。英語が通じるのかな？」

「…………」

「清和くん、一般人に乱暴なことはしないよね」

氷川が確かめるように釘《くぎ》を刺すと、眞鍋組総本部の所有者は憮然《ぶぜん》とした面持ちで口を閉じた。

「眞鍋組総本部に雪崩《なだれ》こんだ人たちは、寒野組長に利用されただけって知っているよね？」

「…………」

「組長室を占拠されて、バーベキューをしていたり、洗濯物を干していたり、内職をしていたり、寝袋で寝ていたりしても怒っちゃ駄目だよ」

「…………」

「そういえば、総本部は銃刀法違反の証拠がたくさんあったよね？　見つけられているかもしれない？　上手《うま》く隠しているよね？」

氷川が眞鍋組総本部で所蔵されていた武器を思いだして、今さらながらに背筋を凍らせた時、ショウがブレーキを踏んだ。

「お疲れ様っス」

いつしか、氷川と清和を乗せた車は眞鍋組総本部の前だ。『寒野興業』ではなく今までと同じように『眞鍋興業』の看板が掲げられている。ビルの周りには眞鍋組構成員たちが取り囲むようにズラリと並んでいた。いっせいに氷川と清和に向かって腰を折る。組長夫妻に対する礼儀だ。

吾郎《ごろう》が駆け寄り、後部座席のドアを開ける。

「お疲れ様です」

清和とともに氷川も後部座席から降りた。

「……あれ？」

氷川は出入り口から国際色豊かな一般人の団体がゾロゾロと出てくるのを見つけた。吉《きっ》平《ぺい》に見せられたモニター画面で、フライパンを振り回していた女性や箒《ほうき》を高く掲げていた男性もいる。

その先には何台もの大型バスが並び、旗を持った信司《しんじ》がいた。その隣に禍々《まがまが》しき魔女がいる。……否、香港《ホンコン》にいるはずの祐《たすく》が悠然と微笑《ほほえ》んでいた。

「は～い、皆さん、こちらです。こちらのバスに乗ってください。皆様にはもっと快適なお部屋をご用意しています。お仕事もございますから、ご安心してください」

祐が書類を抱え、大型バスに国際色豊かな一般人の団体を誘導する。旗を振る信司同様、眞鍋組で一番汚いシナリオを書く策士はどこからどう見てもヤクザに見えない。

「タレントみたいなお兄ちゃん、本当にわしらに住むところと仕事を用意してくれるんだな？」

ボサボサ頭の初老男性が訝《いぶか》しげに尋ねると、祐は温和な笑みを浮かべて頷《うなず》いた。

「家も仕事も用意しています。ちょっとした手違いでこちらのビルをご紹介してしまったのです。混乱させてしまって申し訳ございません」

祐の答えに納得したのか、ボサボサ頭の初老の男性は大型バスに乗り込んだ。東南アジア系の若い男性たちの集団も英語で、住居と仕事について確認する。どうやら、不法滞在者だが、祐は流暢《りゅうちょう》な英語でこれからについて説明し、大型バスに乗り込ませた。アラブ系の団体やアフリカ系の団体にしてもそうだ。寮付きの食品工場と寮付きの部品工場に振り分けられるらしい。

「申し訳ないです。連絡ミスでこちらのビルを紹介してしまいました。バスに乗ってください。皆様の家にご案内します。仕事もご紹介しますから安心してください」

卓も珍しく濃紺のスーツに身を包み、ホームレス集団を大型バスに乗り込ませた。小さな子供を抱えた母親も多い。

「……ど、どうなっているの？」

氷川が夢想だにしていなかった光景に呆然《ぼうぜん》とすると、傍らの清和は切れ長の目を細め、ショウが称《たた》えるように指を鳴らした。

「さすが、魔女」

……ああ、そういうことか、と氷川はショウが発した一言で理解した。

寒野組に利用された国際色豊かな一般人の団体は、力尽くで追いだそうとしても、それぞれ逼迫《ひっぱく》している状況だから騒動になるだけだろう。祐は新しい住居と仕事を餌《えさ》に、眞鍋組総本部から連れだしたのだ。

「祐くんはちゃんと住むところと仕事を用意しているんだよね？　さっき説明していた寮付きの食品工場と寮付きの部品工場は嘘《うそ》じゃないね？」

氷川が一抹の懸念を口にすると、清和が低い声でボソリと答えた。

「魔女だ」

清和の一言にはスマートな参謀に対する賛嘆が含まれていた。杖《つえ》を持つ魔女という二つ名は伊達《だて》ではない。

「……そうだね。魔女だから抜かりはない。ちゃんと住むところと仕事を用意しているよね」

昨今、あちこちで人手不足を聞いているから、ちょうどいいのかもしれない。氷川は寒野組に利用された団体に心の中でエールを送った。

「ああ」

「危ないことにならなくてよかった……あ、よかったじゃない。まだ、大きな問題が残っているよね？」

「お前は帰れ」

送っていけ、とばかりに清和がショウに向かって顎《あご》をしゃくった時、人の波の向こう側から涼子《りょうこ》が息を切らして走ってきた。

「……氷川先生、お願いします。助けてくださいっ」

グッ、と涼子に腕を摑まれ、氷川は眞鍋組総本部に向かって駆けだした。ショウの雄叫《おたけ》びは背中で無視する。

「……涼子さん、どうしました？」

氷川が止まらずに尋ねると、涼子は真っ赤な目で言った。

「異母兄を助けてください」

「……え？　寒野組長？」

氷川が驚愕《きょうがく》で聞き返すと、涼子は涙声で答えた。

「私も極道の娘ですから、仁義に悖《もと》る戦い方をしたのはわかっています。けど、異母兄を許してください。助けてください」

氷川と涼子の前にショウが血相を変えて先回りし、後方には清和がいる。宇治や吾郎といった若い幹部候補たちも集まってきた。

「ふたりとも帰れ」

清和が迫力を漲《みなぎ》らせて言うと、ショウが右手を高く掲げた。

「送るっス」

ジリジリと迫るショウから、氷川と涼子は細心の注意を払って距離を取る。

「……異母兄がこんなふうになってしまったのは父のせいなの……父は異母兄のお母様の千絵《ちえ》さんに支えてもらって組長になったのに、千絵さんも異母兄も大事にしなかったの……」

涼子は首を左右に振りながら切々と言ったが、周りに立ち並ぶ眞鍋の兵隊たちの心には響かなかったようだ。

「涼子さん、それ、全然、関係ねぇっス」

ショウは真顔でばっさりと切り捨てた。自他ともに認める女好きだが、寒野組長を庇《かば》う涼子には容赦ない。

氷川は少なからず困惑したが、眞鍋の男たちはショウと同意見だ。誰一人として寒野組長に同情していない。

「……父は千絵さんと異母兄が相続するはずだった寒野家の財産も寒野愚連隊の財産もすべて使ってしまったの。父は寒野家のお金で遠い日の橘高《きったか》さんや眞鍋組を助けたりしたのよ。千絵さんが病気になっても入院費用がなかったの……千絵さんが早死にしたのは父のせいよ……優秀な異母兄が大学進学を断念したのも父のせいなの……」

これだけはわかってちょうだい、と涼子は滝のような涙を流しながら息せき切ったように捲《まく》し立《た》てた。

支倉《はせくら》組長は寒野組長の母親に尽くさせて、ヤクザとしての地位を築いたらしい。ヤクザに搾取され、ボロ屑《くず》になる女性は星の数のように転がっている。何も、寒野組長の母親に限った話ではない。

「涼子さん、昔話は茶でも飲みながらゆっくりとするっス」

「父には大事にされていないのに、異母兄はヤクザの愛人の息子だってことでひどい目に遭ったの……氷川先生、異母兄を助けて。お願い」

ヤクザ相手では埒《らち》があかないと悟ったらしい。涼子に涙ながらに懇願され、氷川は青い顔で頷いた。

「異母兄上、寒野禮《れい》さんは総本部にいるんですね？」

「……はい……寒野組構成員と一緒に乗り込んだままです……連絡が取れません……父は異母兄を勘当しました」

「迎えに行きましょう」

氷川は涼子に腕を摑まれたまま、出入り口に向かって進みだした。けれど、眞鍋組の韋《い》駄天《だてん》が行く手を阻む。

「姐さん、かりんとう饅頭《まんじゅう》とたるとたんたんでちゃータイムにするっス。京介《きょうすけ》が受け取らなかったから余ってやがる」

「ショウくん、どいて」

「勘弁してくれっス」

ショウは救いを求めるように、背後の清和に視線で訴えた。当然、清和は鬼のような顔で首を横に振る。

「涼子さん、行こう」

氷川が強行突破しようとした時、祐がビジネスマンの顔で口を挟んだ。

「核弾頭をこの場に連れてきた二代目のミスです。後で暴れられるより、今、暴れさせたほうがマシ」

祐の言い草に氷川は面食らったが、魔女の一声は最高の許可証に等しい。眞鍋の兵隊たちから呻《うめ》き声が漏れた。

今だ、と氷川は清和が怯《ひる》んだ隙《すき》をつき、涼子とともに出入り口に進んだ。ホームレスの団体と入れ替わるように総本部内に入る。すぐ後ろから清和やショウ、宇治といった眞鍋の男たちが続いた。

「……あれ？　どこにいるのかな？」

眞鍋組総本部は早くも元の姿を取り戻したかのようだ。すでに寒野組に利用された一般人はひとりもおらず、屈強な眞鍋組構成員たちが詰めている。どこにも争った形跡はないし、床にはゴミも落ちていない。

魔女の帰国により、一気に処理されたのだろうか。

「氷川先生、あちらよ」

涼子は艶《つや》のある長い髪を振り乱し、組長室に続く廊下に進んだ。苦労した異母兄を救おうとするけなげなまでの必死さだ。

「奥ですか？」

「リキさんがいないでしょう？」

涼子に涙声で指摘され、氷川は清和の右腕を思いだした。眞鍋の昇《のぼ》り龍《りゅう》に影のように従っている虎《とら》が見当たらない。カーレースのゴール地点に向かったにしても、同乗していた太夢《たいむ》が調布の吉平宅に現れている。それなのに、リキはいなかった。すなわち、眞鍋組総本部に戻ったのではないのか。

「そういえばそうですね」

「きっと異母兄はリキさんに落とし前を迫られているわ」

確かに、二代目組長や顧問の橘高、舎弟頭の安部《あべ》以外に、寒野組長の責任を追及し、取らせられるのはリキぐらいだ。

「早く行きましょう」

「どうか異母兄を助けてください。取りなしてください」

「わかっています」

「氷川先生しか助けられる人がいません」

組長室に辿《たど》り着《つ》く前、普段は何も飾られていない壁なのに廊下が出現していた。おそらく、隠し部屋に続く廊下だろう。

「涼子さん、いつもはこんな廊下がない。こっちです」

「……ええ、眞鍋組総本部には隠し部屋が何部屋もあると聞いています」

案の定、廊下を少し歩いただけで、開け放たれた部屋から話し声が漏れてくる。ガラガラガラガッシャーン、という耳障りな破壊音も響いてきた。

「……ここだっ」

氷川は背中越しに聞こえてくるショウの罵声《ばせい》を無視して、人の気配がする部屋に勢いよく飛び込んだ。

「……え？」

その場に一歩足を踏み入れた瞬間、氷川は声を失った。

噎《む》せ返《かえ》るような血の臭《にお》いが凄《すさ》まじい。

壁や天井に血飛沫《ちしぶき》が飛び散り、転倒したキャビネットの下には、氷川を取り囲んだ東南アジア系の寒野組構成員たちが折り重なるように倒れていた。血の海では、ざっと数えて三十人ほどの寒野組構成員たちが白目を剝《む》いている。足がおかしな方向に折れ曲がっている寒野組構成員も多い。

「……ひっ……」

涼子はその場にへなへなと崩れ落ちるが、氷川は下肢に力を入れて踏《ふ》み留《とど》まった。血や死体に卒倒したりはしない。

「……木村《きむら》先生？」

壁一面のモニターの前、鳩尾《みぞおち》に小刀が突き刺さった眞鍋組構成員を手当てしているのはモグリの医者の木村だ。そばには飲みかけの純米大吟醸と医療器具があった。そのうえ、イタリア製の革靴を履いた人間の足が一本、ジャックナイフと一緒に転がっている。人間の右手が壊れたパソコンに載っていた。

眞鍋の虎が握る木刀には血がこびりついている。ただ、眞鍋組二代目組長夫妻に礼儀正しく一礼した。

寒野組長は壁際に追い詰められ、瓦礫《がれき》の山の中、土下座で詫《わ》びている。やり合った後なのか、全身、血塗《ちまみ》れだ。傍らには、失神した東南アジア系の寒野組構成員が山のように重なっていた。

「……い、いや……異母兄《にい》さんーっ……」

涼子は血の海と化した床を這《は》いながら、寒野組長に近寄った。氷川もリキの木刀から守るように駆け寄る。これ以上、誰の血も流させたりはしない。

「……涼子？」

寒野組長はいきなり飛び込んできた異母妹に困惑していた。

「異母兄さん、氷川先生が助けてくださるわ。お願いしてちょうだい」

「……氷川先生？　姐さん？　吉平を裏切らせた姐さんだな？」

まさか吉平が裏切るとは思わなかった、と寒野組長は暗に匂《にお》わせている。それだけ、昔から吉平に目をかけていたのだろう。極道の愛人の息子同士、何か通じるものがあったのかもしれない。

なんとも形容しがたい鬱屈《うっくつ》した瘴気《しょうき》が漂う。

「吉平くんは寒野さんを裏切ったのではなく、正しい道を選びました。寒野さんも正しい道を選んでください。長江組の応援を待っても無駄です」

氷川が真摯《しんし》な目で貫くと、寒野組長はシニカルに口元を歪《ゆが》めた。

「正しい道とは三億ほど積んで、指を詰めて詫びることか？　陰で俺の女を幹部の玩具《おもちゃ》にさせることか？」

俺のオヤジの落とし前のように、と寒野組長は在りし日の支倉組長の落とし前について語った。おそらく、支倉組長は寒野組長の母親を落とし前の品として進呈したのだ。実父に対する根深い憤りが伝わってくる。

「一般人に戻ってください。長江組も文句は言わないでしょう」

「長江組はともかく眞鍋がそんな落とし前で納得するとは思えない」

寒野組長は広域暴力団の長江組より眞鍋組を恐れていた。ひとえに二代目組長の激しさだろう。

「清和くんは一般人に責任は取らせません。吉平くんと一緒に一般人としての人生をやり直してください」

氷川は寒野組長から憮然とした面持ちの清和に視線を流した。そうして、縋《すが》るような声で言った。

「清和くん、寒野さんを許してあげて」

清和の仏頂面に険が走り、周囲の重苦しい空気に怒気が混じった。ショウが哺乳類《ほにゅうるい》とは思えない呻き声を漏らす。

「清和くんは無事だった。リキくんもショウくんも宇治くんも卓くんも無事だった……眞鍋側に死者は出ていないよね？」

木村がこの場にいるということは、助からない負傷者も助かっているということだ。おそらく、眞鍋側に死者は出ていないだろう。氷川は医者としての直感でそう思った。

「…………」

「ここで寒野さんにひどい落とし前をつけさせたら不幸の連鎖が続く。清和くんが広い心で復讐《ふくしゅう》の連鎖を断ち切ろう」

世の皮肉か、人の世の理《ことわり》か、不幸の連鎖は続くし、復讐はさらなる復讐を招く。忘れようとしても忘れられない加藤《かとう》父子は記憶に新しい。共存できない存在だったとしても、打つ手によって、息子の復讐は止められたかもしれない。

「…………」

「新しい暴力団の形を提唱しているのは誰？　新しい眞鍋組を目標にしているのに、落とし前は昔と同じようにひどいの？」

　氷川はありったけの思いを込め、不夜城の覇者に訴えた。

　寒野組長に落とし前をつけさせて、それで終わるとは思えない。次は寒野組長の関係者が練りに練った復讐戦を仕掛けてくるかもしれない。それこそ、最初から長江組があれこれ言いがかりをつけて殴り込んでくる可能性がある。

「…………」

「それより、寒野さん、傷が深そうです。木村先生、お酒を飲んでいる場合ではありません。寒野さんを診《み》てあげてください」

　いつしか、木村は眞鍋組構成員の応急手当てを終え、純米大吟醸をラッパ飲みしていた。すでに二本、鶴岡《つるおか》産の吟醸酒を空けているというのに。

「……あ？　そいつもか？」

　木村は酒瓶を握ったまま、涼子が庇うように抱き締めている寒野組長に目を留めた。一瞬、ボサボサの前髪に隠れた双眸《そうぼう》が光る。

「そうです。このままだと出血多量で危険です」

「姐さん先生が診てやれよ」

「僕は内科医です。お願いします」

　こんなことなら外科医になればよかった、という何度目かわからない後悔をした。氷川は内科を選んだ自分が恨めしい。

「そいつは殺しても死なねぇよ」

　木村が腰を上げないので、氷川は白い頬《ほお》を引《ひ》き攣《つ》らせる。闇雲《やみくも》に頼むだけでは手当てしてもらえないのかもしれない。

「木村先生、国内外で尊敬されたプリンスの噂《うわさ》を聞きました。なんでも、プリンスのゴッドハンドを某国の情報部が独占するために、拉致《らち》して監禁しているそうです。プリンスの奥様は奪還をＣＩＡに依頼したそうです」

　ゴッドハンドの本名はあえて出さないが、木村に通じたはずだ。ピクリ、と酒瓶を握る手に緊張が走った。

「スパイ映画の話か？」

「ノンフィクションです。ハニーブロンドの美しい奥様は今でもプリンスを深く愛しているそうですから」

　寒野組長を助けてくれなかったら米国の奥さんにバラします、と氷川はガラス玉のように綺麗《きれい》な目で家族から逃げている天才外科医を脅した。本当は今すぐにでも米国の家族に知らせたいのだ。

　この勝負、すぐに決着がついた。

「……あ〜っ、支倉オヤジの息子だな。寒野、ちょっと見せてみろ」

木村はようやく酒瓶を置くと、のろのろと寒野に近づいた。背後から清和がのっそりと続く。

「……木村先生？　死者も蘇《よみがえ》らせる木村先生ですか」

寒野組長から涼子が離れ、氷川に向かって拝むように手を合わせた。もはや、眞鍋第三ビルの最上階で氷川と火花を散らし合った面影は微塵《みじん》もない。

「……なんだ？　生憎《あいにく》、これぐらいの傷じゃ死ねないぜ」

木村は血塗れの寒野組長の身体《からだ》を確認した。ゴソゴソと右手で医療品が入ったケースを探る。

「助けてくれなくてもいい」

敗北したショックなのか、寒野組長には生に対する未練が感じられない。木村の治療を拒むかのように、傍らで山のように折り重なっている東南アジア系の寒野組構成員たちに視線を流す。

「そうか？」

「申し訳ございません」

ブスリッ。

不気味な音とともに、東南アジア系の寒野組構成員たちの下に隠されていた長刀が木村の身体を突き刺した。

……貫通した。

後ろにいた清和の身体まで届いている。

「……っ……やるな……」

木村は楽しそうに称えると、ズルズルとその場に崩れる。長刀は貫通したままだ。必然的に清和も膝《ひざ》をついた。

「殺されてもいいから、オヤジが絶賛している二代目に一矢報いたかった」

寒野が深淵《しんえん》に秘めていた凄絶《せいぜつ》な覚悟を吐露するや否や、リキの木刀が目にも留まらぬ速さで振り下ろされる。

不気味な音。

「……い、いやーっ」

涼子の甲高い悲鳴が響き渡った。

これらは一瞬の出来事だ。

一瞬の出来事なのに氷川の目にはスローモーションのように見えた。なのに、止められなかった。

悪い夢だ。

悪い夢を見ている。

悪い夢だと思いたいが夢じゃない、と氷川は真っ青な顔で愛《いと》しい男に手を伸ばした。冷たくはない。

「……せ、清和くん？」

まだ温かい。

自分のほうが死人のように冷たい。

目から零《こぼ》れ落《お》ちた涙が氷水のようだ。

氷川が血の通っていないような顔で覗《のぞ》き込《こ》むと、清和は好敵手と戦っているかのように不敵に口元を緩めた。

「……泣くな」

「……せ、清和くん？　諒《りょう》兄ちゃんを置いてどこかに行っちゃ駄目だよ。許さないよ。遠いところに行くなら諒兄ちゃんも一緒に連れていきなさいっ」

氷川が大粒の涙をポロポロ零すと、清和は抑揚のない声で言った。

「……帰れ」

「……か、帰れるわけないでしょうーっ」

「……ショウ」

ショウ、連れていけ、と清和は鋭い目で心から信じている舎弟に年上の恋女房を託す。

アルマーニのスーツを血で染めながら。

「……やっ……手当て……木村先生？」

氷川は流れ続ける清和の血に気が遠くなりそうだ。一刻も早く凶器を取り除きたいが、出血多量で心肺停止の危険がある。とりあえず、止血だ。氷川は咄嗟《とっさ》に自分のハンカチや宇治が差しだしたシャツで傷口の周りを押さえた。

「……医者……医者……綾小路《あやのこうじ》先生？　……専門は泌尿器だって聞いたけど、腕はいいはずーっ」

ショウと宇治が同時に飛びだしていくと、祐がスマートフォンを手に現れた。傍らにはサメがいる。

「さすが、支倉組長の息子、急所をやられましたか」

祐が悠然と微笑むと、サメが忌々《いまいま》しそうに舌打ちをした。

「また仕事を増やしやがって」

いつもならば、神の手を持つ天才外科医に託せばよかった。飲んだくれの闇《やみ》医者は酒の匂いをプンプンさせながら奇跡を起こしたのだ。

けれど、今、その闇医者が生死の境を彷徨《さまよ》っている。瞳孔《どうこう》は開ききっていないが、もはやピクリとも動かない。

「……急所は外れている……少し外れているはず……助かる……神の手を持つ天才外科医なら助けられるっ」

氷川の脳裏に明和《めいわ》病院の医局で聞いた天才外科医が浮かんだ。探偵事務所を開いたとはいえ、オペから遠ざかってそんなに経《た》っていないはずだ。

「姐さん、新婚なのに気の毒ですが、葬式の覚悟をしてください」

サメは木村と清和を突き刺した長刀をいつになく暗い目で凝視した。

その瞬間、木村と清和を刺していた長刀を抜いた。

じわっ、と傷口から大量の血が溢《あふ》れる。氷川は慌てて自分が着ていたスーツの上着で清和の傷口を押さえた。

カランッ、とサメが天才外科医と不夜城の覇者を刺した凶器を血の海に投げる。まるで無用になった玩具を捨てるかのように。

「……サ、サメくんっ？」

「姐さん、結婚式に新婚旅行に新婚生活の次は葬式です。花嫁でも未亡人でも姐さんはお綺麗ですよ」

サメは謳《うた》うように言いながら、酒瓶に囲まれた医療器具の山を物色する。慣れた手つきで大量の血が流れている木村の傷口を滅菌ガーゼで押さえた。

「……っ……縁起でもないことを言わないでほしいっ。天才外科医は木村先生だけじゃない。速水俊英《はやみしゅんえい》先生がいる。速水総合病院の跡取り息子だけど、探偵をしているって聞いた。なんでもいいから連れてこいーっ」

愛しい男を助けるためならどんな手を使ってもいい。夥《おびただ》しい血を目の当《ま》たりにして、氷川の何かが確実に狂った。

「速水俊英先生？　変人探偵ドクターを姐さんもご存じですか？」

サメは神の手を持っていながら探偵に転職した風変わりな名家の令息を知っていた。それならば話は早い。

「変人だって聞いたけど、木村先生クラスのゴッドハンドだ。どんな手を使ってもいいから連れてこい。誘拐してもいい。僕が責任を取るっ」

「姐さん、葬式の準備だ。俺はこれで晴れて自由」

「諜報《ちょうほう》部隊長、さっさと速水俊英先生を捕まえろーっ」

氷川が乱暴な口調で力の限り泣き叫んでも、サメはいつもと同じように飄々《ひょうひょう》としていた。動くどころか、指示を出す素振りも見せない。それでも、続々と現れた諜報部隊のメンバーが、木村と清和をストレッチャーに乗せる。衝撃を与えないように、ゆっくりとエレベーターに運んだ。

当然、氷川も瀕死《ひんし》の木村と清和に付き添う。

エレベーターはノンストップで眞鍋組総本部内の医療フロアに到着した。最新の医療設備が整って、一般の総合病院に比べてもなんら遜色《そんしょく》はない。ただ、腕のいい外科医がいないだけだ。看護師も見当たらない。

「姐さん、実は魔女がもう手を打っている」

サメにそっと耳打ちされ、氷川は目を瞠《みは》った。

「……え？　祐くんが手を打った？」

「いったいあの魔女はどこまで先を読めるのかな？　なのに、どうして姐さんの行動が読めないのかな？」

魔女が核弾頭の行動を読めるようになったら俺のブラックなエブリデイは終わる、とサメは過労死寸前のサラリーマンのような顔で髪の毛を掻《か》き毟《むし》った。数多《あまた》の修羅を潜《くぐ》り抜《ぬ》けてきた男は、こんな時でも芸人根性を発揮する。

外科医がいないのに、木村と清和は諜報部隊のメンバーによってオペ室に運ばれた。さすがに氷川はオペ室の中まで追えない。

「サメくん、くだらないことを言っている場合じゃない。天才外科医を捕まえろっ」

「速水俊英、またの名を迷探偵ホームズ」

「……ホームズ？　……あのシャーロック・ホームズ？」

氷川が驚愕で赤い目を丸くすると、サメは世界に冠たる名探偵のように気障《きざ》なポーズを取った。

「あのお坊ちゃま外科医、シャーロック・ホームズにハマって探偵になったらしい。ワトソンと強引に呼んでいる可愛《かわい》い助手もいる。知的好奇心をそそられる事件を求めているからそのつもりで」

サメは冗談としか思えないようなことをサスペンス口調で語った。

「……え？」

氷川が口をポカンと開けた時、南側のエレベーターが止まり、祐とともに秀麗な貴公子が颯爽《さっそう》と現れた。伝統的な英国製のスーツを優雅に着こなし、医者や探偵というムードはまるでない。

速水俊英先生だ、と氷川は瞬時にわかった。

「ホームズ先生、彼らは連続殺人事件の証人と重要参考人です。どうか彼らを助けてください。このままでは連続殺人事件は迷宮入りです」

祐が真剣な顔で腰を折ると、俊英はオペ室に続くドアに悠々と近づく。そうして、朗々と響く声で言った。

「任せたまえ」

「さすが、ホームズ先生です」

祐にスマートに誘導され、ホームズこと俊英はオペ室に続くドアの向こう側に消えた。氷川とサメには一瞥《いちべつ》もくれずに。

一瞬、沈黙が流れる。

もっとも、氷川はすぐに静寂を破った。

「……サメくん、今のは何？」

「探偵物語」

サメはどこからともなく手品のようにルーペを取りだした。氷川のシャツに飛んだ清和の血の染みを見る。

「ちゃんと説明してほしい」

「祐は連続殺人事件解決の依頼人、飲んべえは証人、ドラ息子は重要参考人、眞鍋組総本部は眞鍋興業ビルに間借りする眞鍋商社」

サメ独特の説明で、氷川はなんとなく状況を把握した。

「連続殺人事件だって騙《だま》して、俊英先生を連れてきた？」

「ホームズ先生は事件がらみじゃないと神の手を使わない。祐が魔女の名にかけてホームズ先生の知的好奇心をそそる事件をでっちあげた」

「……知的好奇心をそそる事件？　シャーロック・ホームズみたいだ」

氷川がコナン・ドイルの原作を思いだして指摘すると、サメはシニカルに口元を緩めた。

「だから、それぞれ。シャーロック・ホームズかぶれ」

「名探偵？」

世界で最も有名な探偵を名乗るのなら、若き天才外科医は探偵としてもそれ相応の実力を持っているのだろう。氷川は単純に思ったが、サメは首を軽く振った。

「それはおいといて」

「うん？」

「俺と姐さんは眞鍋商社の平社員です。事件には関係ないから、ホームズ先生の知的好奇心をそそらないように注意しましょう」

「どんな手を使ってもいいって言ったけど、そういう手を使ったのか」

氷川が呆然とした面持ちで息をついた時、オペ室に続くドアから祐が出てきた。殺人事件の依頼人の顔はしていない。清和に命を捧《ささ》げた男の顔だ。

「ここで姐さんにできることはただひとつ……」

祐の言葉を遮るように、氷川は高らかに宣言した。

「……うん、僕が清和くんの代理で眞鍋組を解散させるっ」

ハラショーっ、ここでそのセリフか、とサメが感服したようにルーペで氷川の左の胸を見た。つまり、嫌みっぽくシャツ越しの心臓を見た。

「繰り返します。ここで姐さんにできることはただひとつ、おとなしくしていてください。第二ビルの部屋に戻ってお休みください。ちょうど、お仕事もお休みですから」

端麗な参謀の言葉を氷川は風か何かのように聞き流した。

「眞鍋食品会社を設立して、『お母さんの台所』プロジェクトを成功させる。……も、もう二度と……二度とこんな……僕の清和くんが……」

ヤクザでなければこんなことにはならなかった。眞鍋組の組長でなければ狙《ねら》われることはなかった。

氷川にとって眞鍋組という看板は悪《あ》しきものでしかない。

「こんな時に『お母さんの台所』プロジェクトを掲げるとはさすがです。二代目は間違いなく助かるでしょう」

おちおち死んでいられないってね、と祐は皮肉っぽく笑った。氷川の言動を楽しんでいるような気配がある。

「……どうせここで僕が待っていても仕方がない。支倉組長を呼んで寒野さんと涼子さんを迎えに来てもらう」

なんの予定もない休日だから、ゆっくり時間をかけられる。氷川は支倉組長にも言いたいことが溜《た》まっていた。

「支倉組長に寒野禮の落とし前をつけさせるんですか？　それとも、支倉組長に落とし前をつけさせますか？」

「……だから、寒野組は解散、寒野さんへの落とし前は一般人になること。復讐の連鎖はここで断ち切る。みんな、平和で幸せな日々を送るっ」

愛しい男と尊敬する外科医を刺されても、寒野を罰したいとは思わなかった。正直、許せないけれども。どうしたって、寒野は許せないけれども。凄絶な怒りが込み上げてくるけれども。

「寒野禮を始末しなければ、眞鍋は極道の看板を下ろしたことになります」

「いい機会だ。眞鍋組を解散する。今度こそ、解散する。もう二度と僕の清和くんが……僕の命より大切な清和くんが……」

氷川の感情が昂《たか》ぶり、いてもたってもいられなくなった。祐のシャツを両手で掴み、声を上げて泣きだす。

「姐さん、泣かないでください」

祐は珍しく辛《つら》そうに言うと、サメに視線を流した。

けれど、サメはルーペを振りながらエレベーターに飛び込んだ。神出鬼没の男も二代目姐の涙には弱い。

「……あの野郎」

結果、氷川の涙につき合ったのは魔女だ。言い替えれば、魔女以外、泣き続ける二代目姐に近寄ろうともしなかった。

8

どれくらい時間が流れたのだろう。

いつの間に寝てしまったのか。

綺羅《きら》と利羅《りら》にもらった造花の花冠を握っている。

祐《たすく》に宥《なだ》められるように握らされたのだ。

夢だとわかっていた。

氷川《ひかわ》は夢だとわかっていたから、何も言わずに聞いていた。

夢の中、シンガポールにいた橘高《きったか》や安部《あべ》が帰国したらしい。幹部たちを集め、堂々と言い放った。

『寒野《かんの》組は解散、寒野禮《れい》と大江吉平《おおえきっぺい》は二度と眞鍋《まなべ》のシマに近寄らない。これでいいな。姐《あね》さんに泣かれると困る』

橘高の決定に誰も異議を唱えない。リキや祐、古参の幹部たちも眞鍋の大黒柱の決断に従う。

ただ、ショウが棘《とげ》のように突き刺さっていた寒野愚連隊について尋ねた。

『オヤジ、初代組長が寒野愚連隊を毒殺したってマジっスか？』

『ショウ、ほかのみんなもよく聞け。俺も眞鍋組初代組長も仁義に悖《もと》るような手は一度も使わなかった……俺が信じられねぇか？』

橘高の言葉で納得したらしく、ショウは頭を下げた。

『すみませんっ。寒野組の奴《やつ》ら、ガタガタ言いやがったから……シマのトニー爺《じい》さんまでそんなことを言いやがるし……』

『何か手違いがあったんだろう。これから先、誰に何をどう言われても堂々としていろ。俺と初代は常に仁義を切った。俺はこれからも仁義を切る』

橘高は一呼吸置いてから、寒野禮の実父について語った。

『支倉《はせくら》組長から謝罪があった』

橘高が兄貴分の謝罪を受け入れ、幹部や腹心の舎弟たちと今後について対策を練る。なんといっても、長江《ながえ》組対策だ。

もっとも、寒野組が消滅すれば、長江組も強硬手段は取らないだろう。橘高の兄貴分や弟分、桐嶋《きりしま》組をはじめとする友好的な関東の暴力団と一致団結して阻む。現在、眞鍋が牛耳る街に長江組の影はない。

『祐、香港《ホンコン》にいながらよくやってくれた。さすがだ。祐の予想と指示がなければ、シャッターが下ろせなかったという報告を受けた』

橘高が手放しで祐を褒めると、父親代わりの安部が目頭を押さえる。リキやショウ、宇《う》治《じ》も同意するように相槌《あいづち》を打った。

なんでも、寒野組に利用された国際色豊かな軍団が乗り込む寸前、総本部内の重要な部屋にはシャッターを下ろしたらしい。それ故、組長室や武器庫、データ室などの要所には侵入されなかった。ただ、総本部の出入り口は防御できず、雪崩《なだれ》のように侵入させてしまったらしい。

『顧問、お褒めに与《あずか》り恐縮ですが、今回の京介《きょうすけ》は予想外でした。チョコバナナと花冠も想定外です』

祐は自身に捧《ささ》げられた称賛を固辞し、寒野側についた京介やチョコバナナの礼について言及した。

『祐、それは仕方がないさ』

『二代目とリキさんがかりんとう饅頭《まんじゅう》とタルト・タタンで京介の機嫌を取ろうとしたことも予想外でした。俺は二代目とリキさんがそんなに無能とは知らなかった』

『祐、それを言うな』

しばらくの間、橘高を中心に今後の眞鍋組について話し合う。サメがひょっこりと顔を出し、清和《せいわ》と木村《きむら》の手術が成功したことを告げた。どちらも助かったらしい。ただ、ふたりとも絶対安静だ。

『よかった』

橋高が安堵《あんど》の息を漏らし、リキと肩を抱き合う。安部にショウや宇治が感極まったように抱きついた。

『これで一安心』

安部が鼻を啜《すす》りながら言うと、祐は『お母さんの台所』シリーズのソーセージを手に爆弾に等しい問題を投下した。

『一安心ではありません。姐さんが眞鍋組解散だと息巻いています。眞鍋食品会社を設立するそうですよ』

祐が眞鍋組二代目姐について言及した途端、その場の空気が一変した。

『祐、姐さんを宥めろ』

『祐、姐さんは任せたぜ』

『祐、お前にしか姐さんは扱えない』

『祐さん、姐さんのお守《も》りは俺には無理っス』

『眞鍋の命運を担うのは祐さんです』

橋高も安部もリキもサメも古参の幹部たちも幹部候補の若い舎弟たちも全員、祐に二代目姐の説得を押しつけた。そうして、逃げるように去っていった。どんな激戦にも怯《おび》えず、飛び込んでいく猛者《もさ》たちとは思えない。

ポツン、と残された祐が口惜《くや》しそうにソーセージを引きちぎる。名うての魔女ではなく、普通の若い青年に見える。

夢だと氷川はわかっていた。

いい夢だと思った。

愛《いと》しい男が助かったのだから。

清和くん、眞鍋組は絶対に解散させるよ、と氷川は思いの丈を込めて命より大切な男に言った。

「……清和くん、わかっているよね……あれ？」

氷川は目を覚まし、自分が長椅子《ながいす》で寝ていたことを確認した。夢と同じように、綺羅と利羅からもらった花冠を握っているし、柔らかなタオルケットがかけられている。目の前では、祐がソーセージの試作品を持っていた。

「姐さん、お目覚めですか」

祐がソーセージを持ったまま、静かな足取りで近づいてきた。ソーセージが鞭《むち》に見えないこともない。

「祐くん？　……あれ？　夢じゃなかったのかな？」

夢だと思っていたが、夢ではなかったのだろうか。氷川は上体を起こし、橘高や安部、眞鍋の男たちが話し合っていた部屋を見回した。

「二代目と木村先生のオペが成功しましたが、まだ予断を許さない状態です」

「清和くん、助かったんだねっ」

氷川は待ち侘《わ》びていた報告に歓喜の声を張り上げ、勢いよく長椅子から立ち上がる。もちろん、花冠は握ったままだ。

「絶対安静です」

「……よ、よかった」

氷川は花冠に顔を伏せ、心の底から神仏に感謝する。風変わりな天才外科医にも礼を言った。

「今、姐さんにできることはひとつしかありません」

祐に真《ま》っ直《す》ぐに見据えられ、氷川はコクリと頷《うなず》いた。

「うん、わかっている。清和くんを二度と危険な目に遭わせない。そのためにも眞鍋組を解散させて、眞鍋食品会社を作る」

「違います」

「もう誰の血も流しちゃ駄目ーっ」

氷川が目を潤ませて叫ぶと、祐は辛《つら》そうな顔で息を吐いた。どれだけ十歳年下の幼馴《おさな》染《な》《じ》みを愛しているか、よく知っているからだろう。構成員たちを大事に思っていることも知っているに違いない。

「祐くん、今回ばかりは引かないからね」

なんとしてでも、眞鍋組を解散させる。

ヤクザでいる限り、狙《ねら》われ続《つづ》ける。

愛しい男を守るための戦いが始まったような気がした。もう二度と誰の血も流させたりはしない。

力を貸してね、と氷川は綺羅と利羅からもらった花冠に願った。

あとがき

講談社X文庫様では四十六度目ざます。バナナ集大成によるバナナ卒業のバナナの花道を考えている樹生《きふ》かなめざます。

バナナ吹雪の次はかりんとう饅頭の予定ざましたが、胡麻団子やエッグタルトも捨てがたいし亀苓膏《ゼリー》は心身ともに燃え上がるし、スコーンとショートブレッドは必須だし、ブリヌイやメドヴィクも侮れないしカンノーリは外せないし、基本はクグロフざますし……ええ、おかげさまで新たな世界が開けています。

おかげおかげのおかげさまでございます。アタクシの物語はこれからざます……その、今後とも見捨てずにお付き合いくださいませ。

今回は『電子オリジナル　龍&Ｄｒ.特別短編集』も同時期に発売です。

奈良千春《ならちはる》様のカバーイラスト集と、書き下ろしＳＳも収録しています。（電子書籍版の

みの発売です）

担当様、奈良千春様、いろいろとありがとうございました。深く感謝します。

読んでくださった方、ありがとうございました。

再会できますように。

パリで食べたタルト・タタンが忘れられない樹生かなめ

『龍《りゅう》の覚醒《かくせい》、Dr.《ドクター》の花冠《はなかんむり》』、いかがでしたか？

樹生《きふ》かなめ先生、イラストの奈良千春《ならちはる》先生への、みなさまのお便りをお待ちしております。

樹生かなめ先生のファンレターのあて先
〒112-8001　東京都文京区音羽2-12-21　講談社　文芸第三出版部「樹生かなめ先生」係

奈良千春先生のファンレターのあて先
〒112-8001　東京都文京区音羽2-12-21　講談社　文芸第三出版部「奈良千春先生」係

N.D.C.913　238p　15cm

樹生かなめ（きふ・かなめ）

講談社X文庫

血液型は菱型。星座はオリオン座。
自分でもどうしてこんなに迷うのかわからない、方向音痴ざます。自分でもどうしてこんなに壊すのかわからない、機械音痴ざます。自分でもどうしてこんなに音感がないのかわからない、音痴ざます。自慢にもなりませんが、ほかにもいろいろとございます。でも、しぶとく生きています。
樹生かなめオフィシャルサイト・ROSE13
http://kanamekifu.in.coocan.jp/

white heart

龍《りゅう》の覚醒《かくせい》、Dr.《ドクター》の花冠《はなかんむり》

樹生《きふ》かなめ

●

2019年２月１日　第１刷発行

定価はカバーに表示してあります。

発行者――渡瀬昌彦
発行所――株式会社　講談社
　東京都文京区音羽2-12-21 〒112-8001
　電話　編集　03-5395-3507
　　　　販売　03-5395-5817
　　　　業務　03-5395-3615
本文印刷－豊国印刷株式会社
製本――株式会社国宝社
カバー印刷－半七写真印刷工業株式会社
本文データ制作－講談社デジタル製作
デザイン－山口　馨

ISBN978-4-06-514598-2

ホワイトハート最新刊

龍の覚醒、Dr.の花冠

樹生かなめ　絵／奈良千春

眞鍋組を揺るがす大抗争勃発の予感……！　晴れて新婚夫婦となったはずの眞鍋組二代目組長・橘高清和と美貌の内科医・氷川諒一。しかし氷川の知らないところで清和は別の相手を二代目姐に迎えようとしていて!?

お兄様の花嫁

火崎　勇　絵／篁　ふみ

禁断の恋に身も心も蕩けてしまい……。湖畔の屋敷でひっそり暮らすクレアのもとに、初めて会う兄のローフェンが訪ねてくる。だが彼は妹などいないと言いだして……禁忌を超え惹かれあう二人は!?

ホワイトハート来月の予定（3月6日頃発売）

暗黒の石（仮）欧州妖異譚21 ……………………… 篠原美季
新装版 対の絆（上） ……………………… 吉原理恵子
新装版 対の絆（下） ……………………… 吉原理恵子

※予定の作家、書名は変更になる場合があります。